MW01114523

Col

Camara Laye

L'Enfant noir

classiques Hatier

Roman

Un genre
L'autobiographie

© Hatier
Paris 2005
ISBN 978-2-218-75115-8
ISSN 0184 0851

Christian Barré,
certifié de lettres modernes

L'air du temps

L'Enfant noir (1953)

■ Lorsque *L'Enfant noir* paraît, Camara Laye est un ouvrier titulaire d'un CAP et non un intellectuel.

■ Il vit en France depuis sept ans, et écrit dans une langue qu'il a apprise à l'école, en Guinée.

■ En 1954, le livre reçoit le prix Charles-Veillon.

■ En 1953, la France vit sous la IVe République et a pour président Vincent Auriol.

■ Les crises gouvernementales se succèdent, la guerre d'Indochine s'enlise.

■ En Afrique, la guerre d'Algérie s'amorce pendant que les colonies d'Afrique Noire commencent à réclamer leur indépendance.

À la même époque...

■ En 1953, Khrouchtchev remplace Staline, qui vient de mourir, à la tête de l'URSS. La même année, la signature de l'armistice entre les belligérants met fin à la guerre de Corée.

■ En 1953, le « nouveau roman » fait son apparition avec *Les Gommes* d'Alain Robbe-Grillet et *Martereau* de Nathalie Sarraute.

■ Samuel Beckett (*En attendant Godot*, 1953) et Eugène Ionesco (*Victimes du devoir*, 1952) participent à la création du « nouveau théâtre ».

■ Jean-Pierre Melville et d'autres cinéastes préparent l'avènement de la « nouvelle vague », tandis que Jacques Tati renouvelle la comédie avec *Les Vacances de M. Hulot* (1953).

Sommaire

Introduction
L'Enfant noir

Camara Laye

Camara Laye.

1er janvier 1928. Dans une concession[1] de Kouroussa, petite ville de haute Guinée, retentissent des cris de joie qui ne sont pas destinés à saluer l'arrivée de la nouvelle année mais celle du petit Laye dans la famille Camara. Komady, son père, est orfèvre et forgeron, c'est-à-dire maître des métaux et du feu, donc un peu magicien… Sa mère est pour sa part petite-fille de forgeron, ce qui signifie qu'elle détient des pouvoirs surnaturels : « Nous sommes, en Afrique, explique Camara Laye, plus proches des êtres et des choses qu'on ne l'est en Europe, et pour des raisons qui n'ont rien de mystérieux. Peut-être menons-nous simplement une vie moins agitée, et sommes-nous moins distraits : oui, moins d'artifices et de facilités forment écran devant nous. Les villes nous retranchent moins de la nature » (*Actualité littéraire*, n° 6, 1955). C'est donc dans cette famille peu banale que va grandir Laye, bientôt entouré d'apprentis, de frères et de sœurs (son père, comme l'autorise la religion musulmane, ayant deux femmes).

Cependant, à l'exemple de ses parents, le jeune Camara n'est pas un enfant comme les autres : très vite, il se passionne pour les études.

| **1.** Ensemble d'habitations à l'intérieur d'un enclos abritant une même famille.

Devenu adolescent, il quitte Kouroussa pour Conakry, afin d'obtenir un CAP. Brillamment reçu à son examen et détenteur d'une bourse, il abandonne bientôt Conakry afin de poursuivre ses études en… France. C'est ainsi qu'en 1946 Camara Laye arrive à Argenteuil, au Centre-école automobile.

Son diplôme en poche, le jeune homme refuse de s'arrêter en si bon chemin. Gagnant sa vie le jour en travaillant aux usines Simca d'abord, à la RATP ensuite, aux Compteurs de Montrouge enfin, il poursuit ses études le soir en assistant aux cours du Centre national des arts et métiers. C'est à cette époque qu'il écrit *L'Enfant noir*, couronné en 1954 par le prix Charles-Veillon.

Laye reste ainsi plus de dix ans en France, puis retourne en Guinée, pays indépendant depuis 1958.

Jusqu'en 1965, l'écrivain occupe plusieurs postes importants, mais un désaccord politique avec le chef du gouvernement le contraint à l'exil au Sénégal.

Devenu chercheur, il parcourt alors les États africains de l'Ouest afin de recueillir les récits des griots[2] qui colportent l'histoire des peuples noirs. Camara Laye meurt à Dakar en 1980.

L'Enfant noir

L'Enfant noir, c'est tout d'abord l'histoire d'un destin idéalisé – celui de l'auteur – où l'école permet de sortir de sa condition et de s'élever dans l'échelle sociale.

L'Enfant noir, c'est ensuite un document sur la société africaine des années trente ; au récit chronologique de la vie de l'auteur se greffent des scènes typiques qui abordent différents aspects de la vie traditionnelle guinéenne : travail de l'or, moisson du riz, épreuves d'initiation.

L'Enfant noir, c'est enfin le constat d'une tragédie, celle du déclin de la tradition vaincue par le progrès et l'acculturation[3], nés de la colonisation.

---

2. Poètes, musiciens, chanteurs et sorciers, dépositaires des traditions orales en Afrique de l'Ouest.

3. Phénomènes collectifs d'adaptation d'une population à une culture différente de la sienne.

Pourquoi l'auteur a-t-il eu envie d'écrire ses souvenirs d'enfance ?

Lorsque paraît *L'Enfant noir*, Camara Laye vient d'avoir vingt-cinq ans. Il vit en France depuis plus de sept ans et souffre de son isolement dans ce pays étranger où tout est culturellement différent. Peu à peu, le besoin naît en lui de se souvenir, de partir mentalement à la recherche de ses racines qu'il sent s'éloigner progressivement de lui. Parce qu'il vit avec des Blancs qui ignorent presque tout de son pays, le jeune homme a aussi envie de montrer ce qu'est véritablement l'Afrique, gommant ici les clichés, récusant là les images trop répandues d'un continent barbare peuplé de sauvages, restituant enfin à la femme noire une place jugée trop communément négligeable.

Mais surtout, c'est un sentiment de culpabilité qui va présider à la naissance de l'ouvrage. Laye se sait privilégié et éprouve une mauvaise conscience vis-à-vis de son peuple, de sa famille qu'il a quittés. Il va ressentir le besoin de se justifier, d'exposer les raisons de son départ, d'expliquer la durée de son éloignement.

Camara Laye

L'Enfant noir

Carlton Murrel: *Penseur*; huile
sur carton, collection privée, 19´

Extrait 1
La dédicace

À MA MÈRE

Femme noire, femme africaine,
ô toi ma mère je pense à toi...

*

Ô Dâman[1], ô ma mère, toi qui me
portas sur le dos, toi qui m'allaitas,
5 *toi qui gouvernas mes premiers pas,*
toi qui la première m'ouvris les yeux
aux prodiges de la terre, je pense à toi...

*

Femme des champs, femme des
rivières, femme du grand fleuve,
10 *ô toi, ma mère, je pense à toi...*

*

Ô toi Dâman, ô ma mère, toi qui
essuyais mes larmes, toi qui me
réjouissais le cœur, toi qui, patiemment
supportais mes caprices, comme
15 *j'aimerais encore être près de toi,*
être enfant près de toi !

Femme simple, femme de la résignation,
ô toi, ma mère, je pense à toi...

*

Ô Dâman, Dâman de la grande
20 *famille des forgerons, ma pensée*

| **1.** Nom de jeune fille de la mère.

toujours se tourne vers toi, la tienne
à chaque pas m'accompagne,
ô Dâman, ma mère, comme j'aimerais
encore être dans ta chaleur, être
enfant près de toi...

25

*

Femme noire, femme africaine,
ô toi, ma mère, merci ; merci pour tout
ce que tu fis pour moi, ton fils,
si loin, si près de toi !

Femme et enfant, Guinée.

Repérer et analyser

La dédicace

Un ouvrage peut être précédé d'une dédicace, c'est-à-dire d'un texte par lequel l'auteur dédie son écrit à quelqu'un pour lui rendre hommage.

La situation d'énonciation

Tout énoncé est produit dans une situation précise que l'on appelle situation d'énonciation : un énonciateur, dans un lieu, à un moment et dans des circonstances données, émet un énoncé qu'il adresse à un destinataire précis.

1 Qui est l'énonciateur de cette dédicace ? Relevez le pronom qui le désigne.

2 L'apostrophe

L'apostrophe est une figure de style qui consiste à s'adresser solennellement à une personne présente ou absente.

À qui la dédicace est-elle adressée ? Appuyez-vous sur le titre et sur les mots mis en apostrophe. Quel lien de parenté existe-t-il entre l'énonciateur et le destinataire ?

3 L'énonciateur tutoie-t-il ou vouvoie-t-il son destinataire ? Justifiez votre réponse.

4 Observez les temps des verbes. Quel est le temps utilisé pour renvoyer au moment de l'écriture (moment de l'énonciation) ? Quels sont les temps qui renvoient au souvenir ?

La mise en espace et le rythme

On appelle mise en espace la disposition du texte sur l'espace de la page. La mise en espace suscite un mode de lecture particulier, elle contribue au rythme et participe à la signification du texte.

5 De combien de paragraphes le texte est-il composé ? Comment sont-ils séparés ?

6 L'anaphore

L'anaphore est une figure de style qui consiste à commencer par le même mot ou par une même expression une série de phrases, de vers ou de membres de phrases.

Relevez les anaphores présentes dans le texte. Quel est l'effet produit quant au rythme ?

7 À quel genre littéraire cette dédicace s'apparente-t-elle ?

L'hommage au destinataire

8 **a.** Relevez dans les paragraphes 1, 3, 5 et 7 les expressions qui caractérisent la mère. Quelle image l'énonciateur en donne-t-il ?
b. Quels sont les souvenirs évoqués ? En quoi sont-ils liés à la mère ? En quoi sont-ils également liés à la réalité africaine ? Appuyez-vous sur le texte.

9 Les marques des sentiments et des émotions

> L'énonciateur peut laisser transparaître ses émotions, ses sentiments, à travers un certain nombre d'indices. Il peut s'agir d'indices lexicaux (lexique du sentiment…), d'indices d'énonciation que l'on appelle marques d'énonciation (types de phrases, ponctuation) ou de procédés stylistiques (figures de style).

a. Relisez les mots ou expressions qui terminent chaque paragraphe. Quels sentiments l'énonciateur exprime-t-il ? Appuyez-vous sur le lexique, le type de phrase, la ponctuation.
b. Quels sont les termes qui s'opposent dans la phrase « si loin, si près de toi ! » (l. 29) ? Quel est le sentiment exprimé par cette opposition ?

La visée

10 Quelle est la visée de cette dédicace ? En quoi le dernier paragraphe lui donne-t-il son sens ? Quelles semblent être les différentes raisons qui poussent l'auteur à entreprendre le récit qui va suivre ?

11 Montrez qu'à travers la mère, ce sont toutes les femmes africaines et l'Afrique elle-même qui sont aussi concernées.

Écrire

Écrire une dédicace

12 En vous inspirant de la structure du texte de Camara Laye, écrivez à votre tour une dédicace que vous adresserez à quelqu'un à qui vous rendrez hommage.

Extrait 2

« Un petit serpent noir... »

J'étais enfant et je jouais près de la case[1] de mon père. Quel âge avais-je en ce temps-là ? Je ne me rappelle pas exactement. Je devais être très jeune encore : cinq ans, six ans peut-être. Ma mère était dans l'atelier, près de mon père, et leurs voix
5 me parvenaient, rassurantes, tranquilles, mêlées à celles des clients de la forge et au bruit de l'enclume[2].

Brusquement j'avais interrompu de jouer, l'attention, toute mon attention, captée par un serpent qui rampait autour de la case, qui vraiment paraissait se promener autour de la case ;
10 et je m'étais bientôt approché. J'avais ramassé un roseau qui traînait dans la cour – il en traînait toujours, qui se détachaient de la palissade de roseaux tressés qui enclôt notre concession – et, à présent, j'enfonçais ce roseau dans la gueule de la bête. Le serpent ne se dérobait pas : il prenait goût au jeu ; il avalait
15 lentement le roseau, il l'avalait comme une proie, avec la même volupté[3], me semblait-il, les yeux brillants de bonheur, et sa tête, petit à petit, se rapprochait de ma main. Il vint un moment où le roseau se trouva à peu près englouti, et où la gueule du serpent se trouva terriblement proche de mes doigts.

20 Je riais, je n'avais pas peur du tout, et je crois bien que le serpent n'eût plus beaucoup tardé à m'enfoncer ses crochets dans les doigts si, à l'instant, Damany, l'un des apprentis, ne fut sorti de l'atelier. L'apprenti fit signe à mon père et presque aussitôt je me sentis soulevé de terre : j'étais dans les bras d'un
25 ami de mon père !

Autour de moi, on menait grand bruit ; ma mère surtout criait fort et elle me donna quelques claques. Je me mis à

---

1. Habitation en matériaux légers des pays chauds. | **2.** Masse métallique sur laquelle on forge les métaux. | **3.** Plaisir.

pleurer, plus ému par le tumulte qui s'était si opinément[4] élevé,
que par les claques que j'avais reçues. Un peu plus tard, quand
30 je me fus un peu calmé et qu'autour de moi les cris eurent cessé,
j'entendis ma mère m'avertir sévèrement de ne plus jamais
recommencer un tel jeu ; je le lui promis, bien que le danger
de mon jeu ne m'apparût pas clairement. [...]

*La famille du narrateur vit à proximité d'une voie ferrée.
Celle-ci est fréquentée par de nombreux serpents attirés par
la chaleur du ballast. Immanquablement, certains d'entre eux
s'infiltrent dans la concession[5]. L'enfant alors appelle sa mère
qui s'acharne aussitôt sur le reptile pour le tuer.*

Un jour pourtant, je remarquai un petit serpent noir au corps
35 particulièrement brillant, qui se dirigeait sans hâte vers l'atelier. Je courus avertir ma mère, comme j'en avais pris l'habitude ; mais ma mère n'eut pas plus tôt aperçu le serpent noir,
qu'elle me dit gravement :
– Celui-ci, mon enfant, il ne faut pas le tuer : ce serpent n'est
40 pas comme les autres, il ne te fera aucun mal ; néanmoins ne
contrarie jamais sa course.
Personne, dans notre concession, n'ignorait que ce serpent-
là, on ne devait pas le tuer, sauf moi, sauf mes petits compagnons de jeu, je présume, qui étions encore des enfants naïfs.
45 – Ce serpent, ajouta ma mère, est le génie[6] de ton père.
Je considérai le petit serpent avec ébahissement[7]. Il poursuivait sa route vers l'atelier ; il avançait gracieusement, très
sûr de lui, eût-on dit, et comme conscient de son immunité[8] ;
son corps éclatant et noir étincelait dans la lumière crue. Quand
50 il fut parvenu à l'atelier, j'avisai pour la première fois qu'il y

---

4. À propos.
5. Ensemble de cases entourées d'un
enclos de roseaux tressés.

6. Esprit bon ou mauvais présidant
à la destinée de chaque humain.
7. Étonnement.
8. Conscient de ne rien risquer.

avait là, ménagé au ras du sol, un trou dans la paroi. Le serpent disparut par ce trou.

– Tu vois : le serpent va faire visite à ton père, dit encore ma mère.

55   Bien que le merveilleux[9] me fût familier, je demeurai muet tant mon étonnement était grand. Qu'est-ce qu'un serpent avait à faire avec mon père ? Et pourquoi ce serpent-là précisément ? On ne le tuait pas, parce qu'il était le génie de mon père ! Du moins était-ce la raison que ma mère donnait. Mais
60   au juste qu'était-ce qu'un génie ? Qu'étaient ces génies que je rencontrais un peu partout, qui défendaient telle chose, commandaient telle autre ? Je ne me l'expliquais pas clairement, encore que je n'eusse cessé de croître dans leur intimité[10]. Il y avait de bons génies, et il y en avait de mauvais ;
65   et plus de mauvais que de bons, il me semble. Et d'abord qu'est-ce qui me prouvait que ce serpent était inoffensif ? C'était un serpent comme les autres ; un serpent noir, sans doute, et assurément un serpent d'un éclat extraordinaire ; un serpent tout de même ! J'étais dans une absolue perplexité[11], pourtant je
70   ne demandai rien à ma mère : je pensais qu'il me fallait interroger directement mon père ; oui, comme si ce mystère eût été une affaire à débattre entre hommes uniquement, une affaire et un mystère qui ne regarde pas les femmes ; et je décidai d'attendre la nuit.

75   Sitôt après le repas du soir, quand, les palabres[12] terminées, mon père eut pris congé de ses amis et se fut retiré sous la véranda[13] de sa case, je me rendis près de lui. Je commençai par le questionner à tort et à travers, comme font les enfants, et sur tous les sujets qui s'offraient à mon esprit ; dans le
80   fait, je n'agissais pas autrement que les autres soirs ; mais, ce

---

9. Le surnaturel.
10. Ici, liaison, fréquentation.
11. Doute.

12. Débats réglés entre les hommes d'un village sur un sujet intéressant la communauté.
13. Galerie couverte longeant la façade de la case.

soir-là, je le faisais pour dissimuler ce qui m'occupait, cher-
chant l'instant favorable où, mine de rien, je poserais la question qui me tenait si fort à cœur, depuis que j'avais vu le
serpent noir se diriger vers l'atelier. Et tout à coup, n'y tenant
85 plus, je dis :

– Père, quel est ce petit serpent qui te fait visite ?

– De quel serpent parles-tu ?

– Eh bien ! du petit serpent noir que ma mère me défend de
tuer.

90 – Ah ! fit-il.

Il me regarda un long moment. Il paraissait hésiter à me
répondre. Sans doute pensait-il à mon âge, sans doute se
demandait-il s'il n'était pas un peu tôt pour confier ce secret
à un enfant de douze ans. Puis subitement il se décida.

95 – Ce serpent, dit-il, est le génie de notre race. Comprends-
tu ?

– Oui, dis-je, bien que je ne comprisse pas très bien.

– Ce serpent, poursuivit-il, est toujours présent ; toujours
il apparaît à l'un de nous. Dans notre génération, c'est à moi
100 qu'il s'est présenté.

– Oui, dis-je.

Et je l'avais dit avec force, car il me paraissait évident que
le serpent n'avait pu se présenter qu'à mon père. N'était-ce
pas mon père qui était le chef de la concession ? N'était-ce pas
105 lui qui commandait tous les forgerons de la région ? N'était-
il pas le plus habile ? Enfin, n'était-il pas mon père ?

– Comment s'est-il présenté ? dis-je.

– Il s'est d'abord présenté sous forme de rêve. Plusieurs fois,
il m'est apparu et il me disait le jour où il se présenterait
110 réellement à moi, il précisait l'heure et l'endroit. Mais moi,
la première fois que je le vis réellement, je pris peur. Je le tenais
pour un serpent comme les autres et je dus me contenir pour
ne pas le tuer. Quand il s'aperçut que je ne lui faisais aucun

accueil, il se détourna et repartit par où il était venu. Et moi,
115 je le regardais s'en aller, et je continuais de me demander si
je n'aurais pas dû bonnement le tuer, mais une force plus puissante que ma volonté me retenait et m'empêchait de le poursuivre. Je le regardai disparaître. Et même à ce moment, à ce
moment encore, j'aurais pu facilement le rattraper : il eût suffi
120 de quelques enjambées ; mais une sorte de paralysie m'im-
mobilisait. Telle fut ma première rencontre avec le petit
serpent noir.

Il se tut un moment, puis reprit :

– La nuit suivante, je revis le serpent en rêve. « Je suis venu
125 comme je t'en avais averti, dit-il, et toi, tu ne m'as fait nul
accueil ; et même je te voyais sur le point de me faire mauvais
accueil : je lisais dans tes yeux. Pourquoi me repousses-tu ? Je
suis le génie de ta race, et c'est en tant que génie de ta race que
je me présente à toi comme au plus digne. Cesse donc de me
130 craindre et prends garde de me repousser, car je t'apporte le
succès. » Dès lors, j'accueillis le serpent quand, pour la seconde
fois, il se présenta ; je l'accueillis sans crainte, je l'accueillis
avec amitié, et lui ne me fit jamais que du bien.

Mon père se tut encore un moment, puis il dit :

135 – Tu vois bien toi-même que je ne suis pas plus capable
qu'un autre, que je n'ai rien de plus que les autres, et même
que j'ai moins que les autres puisque je donne tout, puisque
je donnerais jusqu'à ma dernière chemise. Pourtant je suis
plus connu que les autres, et mon nom est dans toutes les
140 bouches, et c'est moi qui règne sur tous les forgerons des cinq
cantons du cercle. S'il en est ainsi, c'est par la grâce seule de
ce serpent, génie de notre race. C'est à ce serpent que je dois
tout, et c'est lui aussi qui m'avertit de tout. Ainsi je ne
m'étonne point, à mon réveil, de voir tel ou tel m'attendant
145 devant l'atelier : je sais que tel ou tel sera là. Je ne m'étonne
pas davantage de voir se produire telle ou telle panne de moto

ou de vélo, ou tel accident d'horlogerie : d'avance je savais ce qui surviendrait. Tout m'a été dicté au cours de la nuit et, par la même occasion, tout le travail que j'aurais à faire, si bien que, d'emblée, sans avoir à y réfléchir, je sais comment je remédierai à ce qu'on me présente ; et c'est cela qui a établi ma renommée d'artisan. Mais, dis-le-toi bien, tout cela, je le dois au serpent, je le dois au génie de notre race.

Il se tut, et je sus alors pourquoi, quand mon père revenait de promenade et entrait dans l'atelier, il pouvait dire aux apprentis : « En mon absence, un tel ou un tel est venu, il était vêtu de telle façon, il venait de tel endroit et il apportait tel travail. » Et tous s'émerveillaient fort de cet étrange savoir. À présent, je comprenais d'où mon père tirait sa connaissance des événements. Quand je relevai les yeux, je vis que mon père m'observait.

– Je t'ai dit tout cela, petit, parce que tu es mon fils, l'aîné de mes fils, et que je n'ai rien à te cacher. Il y a une manière de conduite à tenir et certaines façons d'agir, pour qu'un jour le génie de notre race se dirige vers toi aussi. J'étais, moi, dans cette ligne de conduite qui détermine notre génie à nous visiter : oh ! inconsciemment peut-être, mais toujours est-il que si tu veux que le génie de notre race te visite un jour, si tu veux en hériter à ton tour, il faudra que tu adoptes ce même comportement ; il faudra désormais que tu me fréquentes davantage.

Il me regardait avec passion et, brusquement, il soupira.

– J'ai peur, j'ai bien peur, petit, que tu ne me fréquentes jamais assez. Tu vas à l'école et, un jour, tu quitteras cette école pour une plus grande. Tu me quitteras, petit…

Et de nouveau il soupira. Je voyais qu'il avait le cœur lourd. La lampe-tempête[14], suspendue à la véranda, l'éclairait crûment[15]. Il me parut soudain comme vieilli.

| **14.** Lampe dont la flamme est protégée du vent par un globe de verre. | **15.** Violemment.

– Père, m'écriai-je.

– Fils… dit-il à mi-voix.

180   Et je ne savais plus si je devais continuer d'aller à l'école ou si je devais demeurer dans l'atelier : j'étais dans un trouble inexprimable.

– Va maintenant, dit mon père.

Village de Koba, en Guinée.

Repérer et analyser

Auteur, narrateur, personnage

Le statut du narrateur

L'auteur est l'être de chair qui a écrit l'histoire, le narrateur est celui qui la raconte, et le personnage celui qui est mis en scène.

Identifier le statut du narrateur, c'est dire si le narrateur (celui qui raconte l'histoire) est ou non un personnage de l'histoire.

1 À quelle personne le narrateur mène-t-il le récit ?

Autobiographie et roman autobiographique

Dans une autobiographie, l'écrivain se pose à la fois comme auteur, narrateur, et personnage principal du récit.

Dans un roman autobiographique, l'écrivain se livre à une transposition romanesque de sa vie : le personnage principal et l'auteur portent alors le plus souvent des noms différents.

2 **a.** Le narrateur est-il ou non un personnage de l'histoire ?
b. Existe-t-il dans le texte des indices permettant d'affirmer que le pronom « je » renvoie également à l'auteur ?
c. Reportez-vous à la page de titre du livre. Quelle mention l'auteur a-t-il fait figurer sous le titre concernant le genre du texte ?

L'incipit

On appelle incipit les premières lignes (l'ouverture) d'un roman. Un roman peut commencer de diverses façons : par la description d'un lieu, d'un personnage, par la présentation des circonstances de départ, par un dialogue, directement par une action…

L'incipit a pour fonction de fournir des informations au lecteur concernant l'intrigue. Il doit aussi susciter l'intérêt pour donner envie de poursuivre la lecture du texte.

3 Quelles informations l'incipit contient-il concernant l'âge du narrateur, le lieu de l'action ?
4 Quel choix narratif le narrateur a-t-il fait pour ouvrir le roman ? Quel est selon vous l'intérêt de ce choix ?

Les temporalités

Autobiographie et roman autobiographique se présentent comme des récits rétrospectifs (récits d'événements passés) dans lesquels le narrateur procède à un constant va-et-vient entre le moment de l'écriture et celui du souvenir.

Le pronom « je » renvoie tantôt au narrateur adulte au moment de l'écriture, tantôt au narrateur enfant (narrateur personnage).

Les différents systèmes temps utilisés sont le système temps présent (renvoyant au moment de l'écriture), le système temps passé (temps de référence : passé simple) renvoyant au moment du souvenir.

5 Relisez les deux premières phrases du chapitre.

a. Dites qui désigne le pronom « je » : le narrateur adulte ou le narrateur enfant ?

b. Relevez le verbe qui renvoie au moment de l'énonciation (moment de l'écriture).

c. Quel est le temps qui renvoie au temps du souvenir ? Quels sont les autres temps de l'indicatif utilisés dans la suite de l'extrait ? Donnez quelques exemples.

Les souvenirs évoqués

Le premier souvenir

6 Quel est le premier souvenir évoqué ? Résumez-le en une phrase.

7 La progression du récit

Un récit se compose généralement de plusieurs séquences narratives successives. Chaque séquence présente le plus souvent une structure identique qu'on appelle le schéma narratif et qui comporte en général cinq étapes :
– **la situation initiale** fournit toutes les informations nécessaires sur les personnages, le lieu et les circonstances de l'action ;
– **l'élément déclencheur** vient modifier la situation initiale et déclenche l'action ;
– **les péripéties (ou enchaînement des actions)** font évoluer le récit ;
– **la résolution (ou dénouement)** est l'action qui clôt le récit ;
– **la situation finale** établit enfin un nouvel état, différent de celui présenté dans la situation initiale.

a. Montrez que ce premier souvenir se présente comme une séquence narrative et retrouvez-en les cinq étapes.

b. Relevez l'adverbe de temps qui introduit la rupture avec la situation initiale.

Le second souvenir

8 **a.** Quel est le second souvenir raconté ? Résumez-le.

b. Combien d'années se sont écoulées entre les deux anecdotes racontées ? Justifiez en vous appuyant sur l'âge de l'enfant.

c. Quel est le point de départ commun aux deux anecdotes ?

9 Les pensées rapportées

Le narrateur peut rapporter les paroles ou les pensées des personnages :
– soit au style direct en les citant. Ex : Je me disais : « Qu'est-ce qu'un serpent a à faire avec mon père ? »
– soit au style indirect en les intégrant à la narration à l'aide d'un verbe introducteur suivi d'une conjonction de subordination. Ex : Je me demandais ce qu'un serpent avait à faire avec mon père.
– soit au style indirect libre en les intégrant directement à la narration. Ex : Qu'est-ce qu'un serpent avait à faire avec mon père ?

a. Relevez lignes 55 à 74 des exemples de pensées rapportées au style indirect libre. Quel est l'effet produit par le choix de ce procédé ? Relevez un exemple de pensée rapportée au style indirect.

b. Quelles sont les réflexions que se fait le narrateur ? À la suite de quel propos de sa mère ?

c. Quels différents types de phrases utilise-t-il ? Quel est son état d'esprit ?

Le mode de narration

Le récit encadré

Dans un récit, le narrateur principal (le narrateur premier) peut céder la parole à un personnage (le narrateur second) qui raconte à son tour une histoire à la première personne. On dit alors que le second récit est encadré (le premier récit devenant le récit cadre).

10 **a.** Identifiez un récit encadré. Vous préciserez où il commence, où il est interrompu et où il se termine. Qui en est le narrateur (narrateur second) ?

b. Dans les lignes 124 à 133, le narrateur second donne la parole à un autre personnage. Qui est ce personnage ? Quel signe typographique introduit cette prise de parole ?

c. Relevez dans le récit encadré les différentes étapes de la rencontre entre le père et le petit serpent noir.

Les personnages

La mère

11 a. Observez les répliques de la mère lorsqu'elle s'adresse à l'enfant. Quel type de phrase est essentiellement utilisé ?

b. Qu'en déduisez-vous concernant le rôle de la mère auprès de l'enfant et au sein de la famille ?

Le père

12 a. Le père répond-il tout de suite à la question posée par son fils l. 86 ? Pour quelle raison ?

b. Relevez les arguments qui vont le décider à le faire.

c. Montrez en citant le texte qu'il est l'image du chef patriarcal et qu'il possède la connaissance des choses.

d. En quoi se montre-t-il un père généreux mais lucide quant à ses rapports à venir avec son fils ?

Le parcours initiatique : les croyances familiales

On parle de parcours initiatique quand un personnage fait l'apprentissage de la vie à la suite d'un certain nombre d'épreuves, de rencontres ou de leçons données par des personnages initiateurs.

13 a. Quelle leçon l'enfant tire-t-il de sa première expérience avec le serpent ?

b. Qui est le personnage initiateur en cette circonstance ?

14 a. Quel est le secret que détient le père de l'enfant et auquel il l'initie ?

b. Pour quelle raison le père accepte-t-il de transmettre son secret à l'enfant plutôt qu'à un autre de ses frères ? Appuyez-vous sur le texte.

15 a. Quelle nouvelle image père a-t-il de son fils à la fin de sa discussion avec lui ? Citez le texte.

b. Relevez à la fin de l'extrait deux répliques traduisant successivement l'émotion du père puis celle du fils. Quels sont les procédés (type de phrase, ponctuation) qui permettent d'exprimer cette émotion ?

16 a. Quelle question l'enfant se pose-t-il à la fin de l'entretien ? À quel choix (dilemme) va-t-il être confronté ?

b. S'agit-il d'un choix important ? Justifiez votre réponse.

Le témoignage sur l'Afrique

17 Relevez les éléments qui se réfèrent à l'Afrique de l'époque : vie quotidienne, habitat, flore, faune… Quelle image en est donnée ?

18 Quel paraît être le rôle du père dans la société africaine ?

19 Quelles sont les habitudes et croyances africaines qui sont mises en valeur à travers l'épisode du petit serpent noir ? Cherchez dans le texte un mot qui les résume.

La visée

20 En vous appuyant sur l'ensemble de vos réponses, dites quelles sont les visées de ce début de roman.

Étudier la langue

Le lexique

21 La polysémie : « Ce serpent [...] est le génie de ton père » (l. 45). Quelles sont les autres significations du nom « génie » ? Utilisez ce mot dans plusieurs phrases qui mettront en valeur ses différents sens.

22 Quelle différence de sens existe-t-il entre « tout à coup » (l. 84) et « tout d'un coup » ?

Écrire

Écrire une suite

23 « Il ne te fera aucun mal ; néanmoins ne contrarie jamais sa course », prévient la mère (l. 40-41). Un jour l'enfant désobéit. Racontez.

Enquêter

24 Recherchez des textes littéraires où le serpent n'aura pas un aussi beau rôle que le génie du père, puis lisez-les à vos camarades, en classe.

25 Recherchez des documents concernant le rôle des animaux dans la religion et la culture africaines.

Extrait 3

« Quand enfin l'or entrait en fusion... »

La nuit qui suit cette conversation, l'enfant a du mal à s'endormir. L'esprit obsédé par les propos de son père, il ne cesse de se poser la question : « Où est ma voie ? »

De tous les travaux que mon père exécutait dans l'atelier, il n'y en avait point qui me passionnât davantage que celui de l'or ; il n'y en avait pas non plus de plus noble ni qui requît[1] plus de doigté[2] ; et puis ce travail était chaque fois comme
5 une fête, c'était une vraie fête, qui interrompait la monotonie des jours.

Aussi suffisait-il qu'une femme, accompagnée d'un griot[3], poussât la porte de l'atelier, je lui emboîtais le pas aussitôt. Je savais très bien ce que la femme voulait : elle apportait de
10 l'or et elle venait demander à mon père de le transformer en bijou. Cet or, la femme l'avait recueilli dans les placers[4] de Siguiri où, plusieurs mois de suite, elle était demeurée courbée sur les rivières, lavant la terre, détachant patiemment de la boue la poudre d'or.

15 Ces femmes ne venaient jamais seules : elles se doutaient bien que mon père n'avait pas que ses travaux de bijoutier ; et même n'eût-il que de tels travaux, elles ne pouvaient ignorer qu'elles ne seraient ni les premières à se présenter, ni par conséquent les premières à être servies. Or, le plus souvent, elles avaient
20 besoin du bijou pour une date fixe, soit pour la fête du

---

1. Exigeât.
2. Habileté manuelle.
3. Poète, musicien, chanteur et sorcier, dépositaire des traditions orales en Afrique de l'Ouest.
4. Bancs de sable où se trouvent des paillettes d'or.

Ramadan[5], soit pour la Tabaski[6] ou pour toute autre cérémonie de famille ou de danse.

Dès lors, pour aider leur chance d'être rapidement servies,
pour obtenir de mon père qu'il interrompît en leur faveur les
25 travaux en cours, elles s'adressaient à un solliciteur[7] et louan-
geur[8] officiel, un griot, convenant avec lui du prix auquel il
leur vendrait ses bons offices[9].

Le griot s'installait, préludait sur sa cora, qui est notre harpe,
et commençait à chanter les louanges de mon père. Pour moi,
30 ce chant était toujours un grand moment. J'entendais rappeler
les hauts faits des ancêtres de mon père, et ces ancêtres eux-
mêmes dans l'ordre du temps ; à mesure que les couplets se
dévidaient, c'était comme un grand arbre généalogique qui se
dressait, qui poussait ses branches ici et là, qui s'étalait avec
35 ses cent rameaux et ramilles devant mon esprit. La harpe soute-
nait cette vaste nomenclature, la truffait[10] et la coupait de
notes tantôt sourdes, tantôt aigrelettes[11].

Où le griot puisait-il ce savoir ? Dans une mémoire particulièrement exercée assurément, particulièrement nourrie
40 aussi par ses prédécesseurs, et qui est le fondement de notre
tradition orale. Y ajoutait-il ? C'est possible : c'est métier de
griot que de flatter ! Il ne devait pourtant pas beaucoup
malmener la tradition, car c'est métier de griot aussi de la
maintenir intacte. Mais il m'importait peu en ce temps, et je
45 levais haut la tête, grisé[12] par tant de louanges, dont il semblait
rejaillir quelque chose sur ma petite personne. Et si je diri-
geais le regard sur mon père, je voyais bien qu'une fierté
semblable alors l'emplissait, je voyais bien que son amour-
propre était grisé, et je savais déjà qu'après avoir savouré ce

---

5. Fête religieuse musulmane durant laquelle
le jeûne est prescrit du lever au coucher du soleil.
6. Autre fête religieuse.
7. Personne qui fait appel à quelqu'un en vue
d'obtenir quelque chose.

8. Qui fait des louanges, qui flatte.
9. Services.
10. Ajoutait abondamment.
11. Perçantes.
12. Exalté.

50 lait, il accueillerait favorablement la demande de la femme.
Mais je n'étais pas seul à le savoir : la femme aussi avait vu
les yeux de mon père luire d'orgueil ; elle tendait sa poudre
d'or comme pour une affaire entendue, et mon père prenait
ses balances, pesait l'or.

55   — Quelle sorte de bijou veux-tu ? disait-il.

— Je veux…

Et il arrivait que la femme ne sût plus au juste ce qu'elle
voulait, parce que son désir la tiraillait ici, la tiraillait là, parce
qu'en vérité elle aurait voulu tous les bijoux à la fois ; mais il
60 aurait fallu un bien autre tas d'or, que celui qu'elle avait
apporté, pour satisfaire une telle fringale, et il ne restait dès
lors qu'à s'en tenir au possible.

— Pour quand le veux-tu ? disait mon père.

Et toujours c'était pour une date très proche.

65   — Ah ! tu es si pressée que ça ? Mais où veux-tu que je prenne
le temps !

— Je suis très pressée, je t'assure ! disait la femme.

— Jamais je n'ai vu femme désireuse de se parer, qui ne le fût
pas ! Bon ! je vais m'arranger pour te satisfaire. Es-tu contente ?

70 Il prenait la marmite en terre glaise réservée à la fusion de
l'or et y versait la poudre ; puis il recouvrait l'or avec du
charbon de bois pulvérisé, un charbon qu'on obtenait par
l'emploi d'essences[13] spécialement dures ; enfin il posait sur le
tout un gros morceau de charbon du même bois.

75 Alors, voyant le travail dûment[14] entamé, la femme retour-
nait à ses occupations, rassurée, pleinement rassurée cette fois,
laissant à son griot le soin de poursuivre des louanges dont
elle avait tiré déjà si bon profit.

Sur un signe de mon père, les apprentis mettaient en mouve-
80 ment les deux soufflets en peau de mouton, posés à même le

| 13. Espèces, en parlant des arbres. | 14. Selon les formes prescrites, comme il faut.

sol de part et d'autre de la forge et reliés à celle-ci par des conduits de terre. Ces apprentis se tenaient constamment assis, les jambes croisées, devant les soufflets ; le plus jeune des deux tout au moins, car l'aîné était parfois admis à partager le travail
85 des ouvriers, mais le plus jeune – c'était Sidafa, en ce temps-là – ne faisait que souffler et qu'observer, en attendant d'être à son tour élevé à des travaux moins rudimentaires[15]. Pour l'heure, l'un et l'autre pesaient avec force sur les branloires[16], et la flamme de la forge se dressait, devenait une chose vivante,
90 un génie vif et impitoyable.

Mon père alors, avec ses pinces longues, saisissait la marmite et la posait sur la flamme.

Du coup, tout travail cessait quasiment dans l'atelier : on ne doit en effet, durant tout le temps que l'or fond, puis refroidit,
95 travailler ni le cuivre ni l'aluminium à proximité, de crainte qu'il ne vînt à tomber dans le récipient quelque parcelle de ces métaux sans noblesse. Seul l'acier peut encore être travaillé. Mais les ouvriers qui avaient un ouvrage d'acier en train, ou se hâtaient de l'achever, ou l'abandonnaient carrément pour
100 rejoindre les apprentis rassemblés autour de la forge. En vérité, ils étaient chaque fois si nombreux à se presser alors autour de mon père, que je devais, moi qui étais le plus petit, me lever et me rapprocher pour ne pas perdre la suite de l'opération.

Il arrivait aussi que, gêné dans ses mouvements, mon père
105 fît reculer les apprentis. Il le faisait d'un simple geste de la main : jamais il ne disait mot à ce moment, et personne ne disait mot, personne ne devait dire mot, le griot même cessait d'élever la voix ; le silence n'était interrompu que par le halè-tement des soufflets et le léger sifflement de l'or. Mais si mon
110 père ne prononçait pas de paroles, je sais bien qu'intérieu-rement il en formait ; je l'apercevais à ses lèvres qui remuaient

| **15.** Élémentaires. | **16.** Leviers actionnant les soufflets.

tandis que, penché sur la marmite, il malaxait l'or et le charbon avec un bout de bois, d'ailleurs aussitôt enflammé et qu'il fallait sans cesse renouveler.

115   Quelles paroles mon père pouvait-il bien former ? Je ne sais pas ; je ne sais pas exactement : rien ne m'a été communiqué de ces paroles. Mais qu'eussent-elles été, sinon des incantations[17] ? N'était-ce pas les génies du feu et de l'or, du feu et du vent, du vent soufflé par les tuyères[18], du feu né du vent, 120 de l'or marié avec le feu, qu'il invoquait alors ; n'était-ce pas leur aide et leur amitié, et leurs épousailles qu'il appelait ? Oui, ces génies-là presque certainement, qui sont parmi les fondamentaux et qui étaient également nécessaires à la fusion.

L'opération qui se poursuivait sous mes yeux, n'était une 125 simple fusion d'or qu'en apparence ; c'était une fusion d'or, assurément c'était cela, mais c'était bien autre chose encore : une opération magique que les génies pouvaient accorder ou refuser ; et c'est pourquoi, autour de mon père, il y avait ce silence absolu et cette attente anxieuse. Et parce qu'il y avait 130 ce silence et cette attente, je comprenais, bien que je ne fusse qu'un enfant, qu'il n'y a point de travail qui dépasse celui de l'or. J'attendais une fête, j'étais venu assister à une fête, et c'en était très réellement une, mais qui avait des prolongements. Ces prolongements, je ne les comprenais pas tous, je n'avais 135 pas l'âge de les comprendre tous ; néanmoins je les soupçonnais en considérant l'attention comme religieuse que tous mettaient à observer la marche du mélange dans la marmite.

Quand enfin l'or entrait en fusion, j'eusse crié, et peut-être eussions-nous tous crié, si l'interdit ne nous eût défendu 140 d'élever la voix ; je tressaillais, et tous sûrement tressaillaient en regardant mon père remuer la pâte encore lourde, où le charbon de bois achevait de se consumer. La seconde fusion

---

17. Formules magiques prononcées pour entrer en contact avec les puissances surnaturelles.

18. Conduits qui injectent l'air à la base d'un fourneau.

suivait rapidement ; l'or à présent avait la fluidité de l'eau. Les génies n'avaient point boudé à l'opération !

145   – Approchez la brique ! disait mon père, levant ainsi l'interdit qui nous avait jusque-là tenus silencieux.

La brique, qu'un apprenti posait près du foyer, était creuse, généreusement graissée de beurre de karité[19]. Mon père retirait la marmite du foyer, l'inclinait doucement, et je regar-
150 dais l'or couler dans la brique, je le regardais couler comme un feu liquide. Ce n'était au vrai qu'un très mince trait de feu, mais si vif, mais si brillant ! À mesure qu'il coulait dans la brique, le beurre grésillait, flambait, se transformait en une fumée lourde qui prenait à la gorge et piquait les yeux, nous
155 laissant tous pareillement larmoyant et toussant.

Il m'est arrivé de penser que tout ce travail de fusion, mon père l'eût aussi bien confié à l'un ou l'autre de ses aides : ceux-ci ne manquaient pas d'expérience ; cent fois, ils avaient assisté à ces mêmes préparatifs et ils eussent certainement mené la
160 fusion à bonne fin. Mais je l'ai dit : mon père remuait les lèvres ! Ces paroles que nous n'entendions pas, ces paroles secrètes, ces incantations qu'il adressait à ce que nous ne devions, à ce que nous ne pouvions ni voir ni entendre, c'était là l'essentiel. L'adjuration[20] des génies du feu, du vent, de l'or, et la conju-
165 ration[21] des mauvais esprits, cette science, mon père l'avait seul, et c'est pourquoi, seul aussi, il conduisait tout.

---

19. Matière grasse provenant de l'amande du karité, arbre qui pousse en Afrique équatoriale.

20. Supplication, prière insistante.
21. Paroles destinées à éloigner les influences néfastes.

Questions

Repérer et analyser

Le souvenir évoqué

La scène racontée

1 La fréquence des actions

La plupart des actions ne se produisent qu'une fois, le temps utilisé pour les raconter est le passé simple ; d'autres se produisent plusieurs fois au cours de l'histoire, elles sont alors racontées à l'imparfait (imparfait d'habitude ou de répétition).

a. Quel est le temps dominant utilisé dans le texte ? Justifiez son emploi.

b. La scène racontée est-elle une scène unique ou s'agit-il d'une scène habituelle ?

2 Dans quel lieu la scène se déroule-t-elle ? Quels sont les personnages en présence ?

3 Résumez en quelques phrases les principales actions qui se succèdent dans cette scène.

La description d'une activité

4 **a.** Distinguez les différentes étapes qui conduisent à la fusion de l'or.

b. Quels mots ou expressions marquent le passage d'une étape à l'autre ?

5 **a.** Quels éléments (outils, matières premières…) sont nécessaires pour obtenir la fusion de l'or ?

b. Quel est le rôle de chacun des participants à ce travail (jeunes apprentis, aînés, etc.) ?

6 Énumérez les règles successives que doivent respecter les différents participants à la fusion.

Le regard du narrateur adulte

Dans un récit autobiographique, le narrateur intervient souvent au cours du récit pour effectuer des commentaires. Ces commentaires sont au présent d'énonciation. Le narrateur peut fournir des explications, faire des commentaires de portée générale, émettre des doutes, des incertitudes sur l'histoire qu'il raconte, porter un jugement sur un personnage, sur les faits passés…

7 **a.** En vous appuyant sur le temps des verbes, relevez les passages où le narrateur interrompt son récit pour effectuer des commentaires.
b. Donnez un exemple de commentaire dans lequel le narrateur :
– émet une vérité générale (laquelle ?) ;
– exprime une incertitude (laquelle ?) ;
– se livre à une explication (qu'explique-t-il ?) ;
– émet une hypothèse (à quel propos ?).

Les personnages

Le père
8 **a.** Quel métier le père du narrateur exerce-t-il ?
b. Quel pouvoir l'exercice de ce métier lui donne-t-il sur les clientes qui viennent le voir ? Quel comportement a-t-il à leur égard ?
9 À quels différents indices voit-on que c'est lui le chef et qu'il possède le savoir ?

Le témoignage sur l'Afrique

Le personnage du griot
10 Recherchez dans le texte (l. 1 à 27) deux noms pouvant se substituer au mot « griot ».
11 Quelles informations le narrateur fournit-il concernant :
a. le rôle du griot dans la société africaine en général ?
b. la raison de sa présence le jour de la fusion de l'or ?

L'image de la femme
12 La forme emphatique

> L'énonciateur peut mettre un élément en valeur en utilisant la phrase de forme emphatique. Les procédés de mise en valeur sont les suivants :
> – déplacement d'un terme au début de la phrase et reprise de ce terme par un pronom personnel ;
> – utilisation d'un présentatif (voici, voilà, il y a, c'est) ou des tournures « c'est… qui », « c'est… que ».

En vous appuyant sur la forme de la phrase (l. 11 à 14), le temps des verbes et le vocabulaire, montrez combien la recherche de l'or constitue un travail difficile pour la femme.

13 Quelle(s) précaution(s) a-t-elle dû prendre pour s'assurer les services du bijoutier-forgeron ?

14 Quelle image le narrateur donne-t-il de la femme à travers les quelques répliques qu'elle échange avec le forgeron ?

La magie

15 Relevez les mots et expressions appartenant au champ lexical de la magie.

16 **a.** À quel(s) moment(s) la magie intervient-elle durant la fusion de l'or ?

b. Par qui est-elle exercée ?

c. Dans quel but ?

Le parcours initiatique : le rôle du père

17 Relevez dans le texte quelques exemples d'expressions qui traduisent les diverses perceptions du narrateur enfant (ce qu'il voit, sent, entend ou ressent). Vous vous appuierez sur les indices qui permettent de repérer ces passages (verbes de perception, de pensée, de connaissance…).

18 « L'opération qui se poursuivait sous mes yeux, n'était une simple fusion d'or qu'en apparence » (l. 124-125).

a. Que comprend le narrateur au cours de cette scène ? À quels différents signes perçoit-il l'importance de ce moment ?

b. Quel effet cette scène a-t-elle sur lui ?

c. En quoi, à ce stade de son parcours, l'enfant est-il nourri des valeurs africaines ?

Étudier la langue

Le lexique

19 Construire un champ lexical

Relevez dans le texte les mots et expressions appartenant au champ lexical de la fête, puis complétez cette liste avec des mots que vous rechercherez.

La grammaire

20 Les locutions adverbiales de négation

> La phrase de forme négative se construit le plus souvent avec la locution adverbiale « ne… pas ». Mais d'autres locutions existent : « ne… point », par exemple, est une marque du langage soutenu ; « ne… guère » marque une atténuation ; « ne… que » une restriction, etc.

Relevez un exemple de chaque type de négation utilisé par le narrateur puis justifiez son emploi.

Écrire

Imaginer une formule incantatoire

21 Imaginez les incantations prononcées par le forgeron durant la fusion de l'or.

Raconter un souvenir

22 Vous avez sûrement assisté, vous aussi, au travail d'un artisan. À la manière du narrateur, décrivez son activité et dites ce que vous avez éprouvé durant sa prestation.

Enquêter

L'or et l'Eldorado

23 Recueillez des informations sur la recherche de l'or et le mythe de l'Eldorado.

Lire

Le thème de l'or

24 À propos de l'or, vous pouvez lire le roman *L'Or* de Blaise Cendrars.

Extrait 4

« Souvent j'allais passer quelques jours à Tindican... »

Souvent j'allais passer quelques jours à Tindican, un petit village à l'ouest de Kouroussa. Ma mère était née à Tindican, et sa mère, ses frères continuaient d'y habiter. Je me rendais là avec un plaisir extrême, car on m'y aimait fort, on me
5 choyait, et ma grand-mère particulièrement, pour qui ma venue était une fête ; moi, je la chérissais de tout mon cœur.

C'était une grande femme aux cheveux toujours noirs, mince, très droite, robuste, jeune encore à dire vrai et qui n'avait cessé de participer aux travaux de la ferme, bien que ses fils, qui
10 suffisaient amplement à la tâche, tentassent de l'en dispenser ; mais elle ne voulait pas du repos qu'on lui offrait, et sans doute était-ce dans cette activité suivie que gisait le secret de sa verdeur[1]. Elle avait perdu son mari très tôt, trop tôt, et moi je ne l'avais pas connu. Il arrivait qu'elle me parlât de lui, mais
15 jamais longtemps : des larmes interrompaient bientôt son récit, si bien que je ne sais rien de mon grand-père, rien qui le peigne un peu à mes yeux, car ni ma mère ni mes oncles ne me parlaient de lui : chez nous, on ne parle guère des défunts qu'on a beaucoup aimés ; on a le cœur trop lourd sitôt qu'on évoque
20 leur souvenir.

Quand je me rendais à Tindican, c'était le plus jeune de mes oncles qui venait me chercher. Il était le cadet de ma mère et à peine sorti de l'adolescence ; aussi me semblait-il très proche encore de moi. Il était naturellement gentil, et il n'était pas
25 nécessaire que ma mère lui recommandât de veiller sur moi : il le faisait spontanément. Il me prenait par la main, et je

| 1. Vigueur, jeunesse.

marchais à ses côtés ; lui, tenant compte de ma jeunesse, rape-
tissait ses pas, si bien qu'au lieu de mettre deux heures pour
atteindre Tindican, nous en mettions facilement quatre, mais
30 je ne m'apercevais guère de la longueur du parcours, car toutes
sortes de merveilles la coupaient.

Je dis « merveilles » parce que Kouroussa est déjà une ville et
qu'on n'y a pas le spectacle qu'on voit aux champs et qui, pour
un enfant des villes, est toujours merveilleux. À mesure que
35 nous avancions sur la route, nous délogions ici un lièvre, là
un sanglier, et des oiseaux partaient dans un grand bruit d'ailes ;
parfois aussi nous rencontrions une troupe de singes ; et chaque
fois je sentais un petit pincement au cœur, comme plus surpris
que le gibier même que notre approche alertait brusquement.
40 Voyant mon plaisir, mon oncle ramassait des cailloux, les jetait
loin devant lui, ou battait les hautes herbes avec une branche
morte pour mieux déloger le gibier. Je l'imitais, mais jamais
très longtemps : le soleil, dans l'après-midi, luit férocement sur
la savane ; et je revenais glisser ma main dans celle de mon
45 oncle. De nouveau nous marchions paisiblement.

– Tu n'es pas trop fatigué ? demandait mon oncle.

– Non.

– Nous pouvons nous reposer un moment, si tu veux.

Il choisissait un arbre, un kapokier[2] ou un néré[3], dont
50 l'ombre lui paraissait suffisamment dense, et nous nous
asseyions. Il me contait les dernières nouvelles de la ferme : les
naissances, l'achat d'une bête, le défrichement d'un nouveau
champ ou les méfaits des sangliers, mais c'étaient les naissances surtout qui éveillaient mon intérêt.

55 – Il est né un veau, disait-il.

– De qui ? demandais-je, car je connaissais chaque bête du
troupeau.

---

2. Arbre qui produit le kapok, fibre
végétale qui sert à bourrer les oreillers.

3. En Afrique noire, arbre dont le fruit
farineux est utilisé comme condiment.

– De la blanche…

– Celle qui a des cornes comme un croissant de lune ?

60 – Celle-là même.

– Ah ! et le veau, comment est-il ?

– Beau ! beau ! avec une étoile blanche sur le front.

– Une étoile ?

– Oui, une étoile.

65 Et je rêvais un moment à cette étoile, je regardais l'étoile. Un veau avec une étoile, c'était pour faire un conducteur de troupeau.

– Mais, dis donc, il doit être beau ! disais-je.

– Tu ne peux rien rêver de plus joli. Il a les oreilles si roses,
70 que tu les croirais transparentes.

– J'ai hâte de le voir ! Nous irons le voir en arrivant ?

– Sûrement.

– Mais tu m'accompagneras ?

– Bien sûr, froussard !

75 Oui, j'avais peur des grandes bêtes cornues. Mes petits camarades de Tindican s'en approchaient de toutes les manières, se suspendaient à leurs cornes, allaient jusqu'à leur sauter sur le dos ; moi, je me tenais à distance. Quand je partais en brousse avec le troupeau, je regardais les bêtes paître, mais je
80 ne m'en approchais pas de trop près ; je les aimais bien, mais leurs cornes m'intimidaient. Les veaux, eux, n'avaient pas de cornes, mais ils avaient des mouvements brusques, inattendus : on ne pouvait trop se fier à eux.

– Viens ! disais-je à mon oncle. Nous nous sommes assez
85 reposés.

J'avais hâte d'arriver. Si le veau était dans l'enclos, je pourrais le caresser : dans l'enclos, les veaux étaient toujours tranquilles. Je mettrais un peu de sel sur la paume de ma main, et le veau viendrait lécher le sel, je sentirais sa langue doucement
90 râper ma main.

– Pressons le pas ! disais-je.

Mais mes jambes ne supportaient pas qu'on les pressât tant : elles ralentissaient ; et nous continuions notre route sans hâte, nous flânions. Mon oncle me racontait comment le singe s'y
95 était pris pour dindonner⁴ la panthère qui s'apprêtait à le dévorer, ou comment le rat-palmiste⁵ avait fait languir⁶ l'hyène toute une nuit pour rien. C'étaient des histoires cent fois entendues, mais auxquelles je prenais toujours plaisir ; mes rires levaient le gibier devant nous.

100 Avant même d'atteindre Tindican, j'apercevais ma grand-mère venue à notre rencontre. Je lâchais la main de mon oncle et je courais vers elle en criant. Elle me soulevait et me pressait contre sa poitrine, et moi, je me pressais contre elle, l'entourant de mes bras, comme éperdu de bonheur.

105 – Comment vas-tu, mon petit époux ? disait-elle.

– Bien ! criais-je. Bien !

– Mais est-ce bien vrai cela ?

Et elle me regardait, elle me palpait ; elle regardait si j'avais les joues pleines et elle me palpait pour voir si j'avais autre
110 chose que la peau sur les os. Si l'examen la satisfaisait, elle me félicitait ; mais quand ses mains ne rencontraient que maigreur – la croissance m'amaigrissait – elle gémissait.

– Voyez-vous ça ! disait-elle. On ne mange donc pas à la ville ? Tu n'y retourneras pas avant de t'être convenablement
115 remplumé. C'est compris ?

– Oui, grand-mère.

– Et ta mère ? Et ton père ? Ils se portent tous bien chez toi ?

Et elle attendait que je lui eusse donné des nouvelles de chacun, avant de me reposer à terre.

120 – Est-ce que le trajet ne l'a pas trop fatigué ? demandait-elle à mon oncle.

| **4.** Tromper. | **5.** Écureuil vivant dans les palmiers. | **6.** Attendre impatiemment.

– Du tout! disait mon oncle. Nous avons marché comme des tortues, et le voici prêt à courir aussi vite qu'un lièvre.

125 Dès lors, à demi rassurée, elle me prenait la main, et nous partions vers le village, nous faisions notre entrée dans le village, moi entre ma grand-mère et mon oncle, mes mains logées dans les leurs. Et sitôt les premières cases atteintes, ma grand-mère criait:

– Bonnes gens, voici mon petit époux qui est arrivé!

130 Les femmes sortaient de leurs cases et accouraient à nous, en s'exclamant joyeusement.

– Mais c'est un vrai petit homme! s'écriaient-elles. C'est vraiment un petit époux que tu as là!

Beaucoup me soulevaient de terre pour me presser contre 135 leur poitrine. Elles aussi examinaient ma mine, ma mine et mes vêtements, qui étaient des vêtements de la ville, et elles déclaraient tout splendide, elles disaient que ma grand-mère avait bien de la chance d'avoir un petit époux tel que moi. De partout elles accouraient, de partout elles venaient m'ac-140 cueillir; oui, comme si le chef de canton[7] en personne eût fait son entrée dans Tindican; et ma grand-mère rayonnait de joie.

Ainsi assaillis à chaque case, répondant à l'exubérance[8] des commères, donnant des nouvelles de mes parents, il fallait largement deux heures pour franchir les quelque cent ou deux 145 cents mètres, qui séparaient la case de ma grand-mère des premières cases que nous rencontrions. Et quand ces excellentes femmes nous quittaient, c'était pour surveiller la cuisson d'énormes platées de riz et de volaille, qu'elles n'allaient pas tarder à nous apporter pour le festin du soir.

150 Aussi fussé-je même arrivé maigre comme un clou à Tindican, j'étais assuré d'en repartir, dix jours plus tard, tout rebondi et luisant de santé.

| **7.** Subdivision administrative d'un arrondissement. | **8.** Agitation excessive.

Repérer et analyser

La situation d'énonciation

1 Le pronom « on »

Le pronom « on » peut être inclusif (l'énonciateur s'y inclut) ou exclusif (l'énonciateur s'y exclut).

« Chez nous, on ne parle guère des défunts qu'on a beaucoup aimés. » (l. 18-19) ; « On m'y aimait fort, on me choyait » (l. 4-5).
Qui représentent le pronom personnel « nous » et les pronoms indéfinis « on » ? Justifiez leur emploi.

Le souvenir évoqué

2 Quel endroit l'enfant quitte-t-il ? Où se rend-il ? En quoi ces deux lieux s'opposent-ils ?

3 **a.** À quel moment de la journée l'enfant effectue-t-il le trajet ?
b. Quelle devrait être la durée du parcours ? Qu'en est-il dans la réalité ? Comment ce décalage s'explique-t-il ?

4 Par quels différents personnages est-il accueilli ? De quelle façon ? Appuyez-vous sur des mots et expressions précis.

Le mode de narration

Le jeu sur le rythme : ralentissements et accélérations

Le narrateur peut accélérer ou ralentir le rythme du récit. Le rythme d'un récit est le rapport entre la durée de l'histoire racontée (en heures, jours, semaines, etc.) et le temps utilisé pour la raconter (en lignes, en pages).
Pour accélérer le rythme, le narrateur peut avoir recours au sommaire (résumé d'événements) ou à l'ellipse (saut dans le temps).
Pour ralentir le rythme, il peut insérer des passages descriptifs, explicatifs ou encore introduire une scène : il donne alors au lecteur l'illusion que la durée des événements racontés équivaut au temps qu'il met à lire le texte. Les scènes comportent des dialogues.

5 Combien de lignes environ le narrateur consacre-t-il au récit du trajet ? Rappelez quelle en a été la durée. Par quels procédés le rythme du récit est-il ralenti ?

6 Relisez les lignes 101 à 129.

a. En quoi ce passage constitue-t-il une scène ? Donnez-lui un titre.

b. Quels sont les personnages présents ? Qui pose des questions ?

c. Pour quelle raison le narrateur a-t-il choisi de s'attarder sur cette scène ?

7 Relisez les lignes 130 à 149.

a. Combien de temps l'enfant met-il pour parcourir les derniers mètres séparant l'entrée du village du logis de sa grand-mère ? Pour quelle raison ?

b. En combien de lignes le narrateur raconte-t-il cet épisode ? Pour quelle raison ?

8 En quoi ce passage constitue-t-il un sommaire (résumé des événements) ?

9 Les paroles rapportées

> Le narrateur peut rapporter les paroles des personnages :
> – soit par l'emploi du style direct, en restituant les paroles entre guillemets, telles qu'elles ont été prononcées ;
> – soit par l'emploi du style indirect, en les intégrant à la narration par l'intermédiaire d'un verbe de parole suivi d'un outil de subordination : « il dit que »… ;
> – soit par l'utilisation du récit de paroles, le narrateur se contentant de signaler que des propos ont été tenus par les personnages sur un sujet donné.

a. Repérez dans les lignes 46 à 74 et 84 à 99 :

– les passages au style direct ;

– les paroles rapportées sous la forme de récits de paroles ;

– les paroles rapportées au style indirect.

b. De qui le narrateur rapporte-t-il les paroles dans chacun des cas ? Quels sont les différents sujets abordés ?

c. Justifiez les différents choix du narrateur en fonction de l'intérêt du récit.

Les personnages

L'oncle

10 Quelles informations le narrateur fournit-il sur son oncle concernant son âge, son rang dans la fratrie (ensemble des frères et sœurs d'une famille), son caractère ?

11 L'enchaînement des phrases : la progression thématique

Une phrase est constituée d'un thème et d'un propos. Le thème est ce dont on parle, le propos est ce qui est dit du thème (information apportée). Dans un texte, les phrases s'enchaînent généralement selon trois types de progressions qui peuvent se croiser :
– la progression à thème constant : toutes les phrases commencent par le même thème (ex : il… il… il…) ;
– la progression à thème éclaté : un thème général (ex : le visage) est divisé en plusieurs sous-thèmes (ex : Les cheveux… Les yeux… La bouche…) ;
– la progression linéaire : le propos d'une phrase devient le thème de la phrase suivante (ex : Dans la pièce il y avait une table. Sur la table…).

Par quelle progression le narrateur met-il le personnage de l'oncle en valeur dans les lignes 21 à 31 et 49 à 54 ?

12 Comment sa sollicitude (son attention) envers l'enfant se manifeste-t-elle tout au long du trajet dans ses paroles et ses gestes ?

La grand-mère

13 Quelles informations le narrateur fournit-il sur sa grand-mère concernant son physique, son caractère, ses activités et son passé ?

14 Quelles sont les différentes préoccupations de la grand-mère quand elle accueille son petit-fils ?

15 Quelle relation l'enfant entretient-il avec sa grand-mère ? Appuyez-vous sur le lexique des sentiments.

Le témoignage sur l'Afrique

16 Le narrateur fournit des informations sur les réalités africaines. Qu'apprend le lecteur concernant l'accueil fait à la famille, l'importance du vêtement, la présence du monde animal, le rapport des Africains avec la mort, la vie des femmes africaines dans les villages ?

Le parcours initiatique : la découverte de la campagne

17 **a.** Recherchez dans le premier paragraphe les différentes raisons expliquant pourquoi l'enfant aime tant se rendre à Tindican.
b. Quelles découvertes fait-il tout au long du chemin qui le conduit au village ? Relisez les lignes 55 à 74. Qui pose des questions ?
c. En quoi l'oncle est-il un initiateur pour l'enfant ? Que lui apprend-il ?

La visée

18 Quelle image le narrateur donne-t-il de son enfance dans ce passage ? Quelle image donne-t-il en même temps de l'Afrique ?

Écrire

Rédiger un portrait

19 À la manière du narrateur, composez à votre tour et en quelques lignes, le portrait d'une personne de votre entourage en choisissant le décor et l'attitude qui lui sont familiers.

Raconter un souvenir

20 Vous avez eu l'occasion de passer des vacances chez des personnes qui vous ont particulièrement bien reçu(e) (famille, amis…). Décrivez l'accueil qu'ils vous ont réservé.

Imaginer une suite

21 Dix jours viennent de s'écouler à Tindican. Il est temps pour l'enfant de quitter sa grand-mère. Racontez à la manière du narrateur.

S'exprimer à l'oral

Lire et rendre compte de sa lecture

22 « Mon oncle me racontait… » (l. 94). Concernant les contes et récits africains, lisez au choix :

– *Les contes d'Amadou Koumba* et *Les Nouveaux contes d'Amadou Koumba* de Birago Diop (éditions Présence africaine) ;

– *Fables d'Afrique* de Ian Knappert (éditions Flammarion) ;

– *Contes d'Afrique noire* d'Ashley Bryan (éditions Flammarion).

Choisissez un conte et racontez-le à la classe.

Débattre

Les vacances

23 Où aimeriez-vous passer vos vacances : à la mer, à la montagne, à la campagne ? en France, à l'étranger ? Justifiez votre réponse en présentant les avantages et les inconvénients de votre choix.

Extrait 5

« Est-ce que j'aime tant l'école ? »

La grand-mère maternelle de l'enfant vit à Tindican, aux côtés de trois de ses fils : Lansana (l'aîné) et deux autres, plus jeunes. Lansana a hérité de l'exploitation de son père, à la mort de celui-ci. Son frère jumeau, connu seulement sous le surnom de Bô, joue les aventuriers et ne revient qu'épisodiquement à Tindican. C'est là, entouré de l'affection des siens, que le narrateur va passer ses vacances, partageant les jeux des enfants du village. Mais c'est là aussi qu'il prend conscience de ce qui le différencie des petits campagnards et de ses propres oncles.

Décembre me trouvait toujours à Tindican. Décembre, c'est la saison sèche, la belle saison, et c'est la moisson du riz. Chaque année, j'étais invité à cette moisson, qui est une grande et joyeuse fête, et j'attendais impatiemment que mon jeune
5 oncle vînt me chercher.

La fête évidemment ne tombait pas à date fixe : elle dépendait de la maturité du riz, et celle-ci à son tour dépendait du ciel, de la bonne volonté du ciel. Peut-être dépendait-elle plus encore de la volonté des génies du sol, qu'on ne pouvait se
10 passer de consulter. La réponse était-elle favorable, il ne restait plus, la veille de la moisson, qu'à demander à ces mêmes génies un ciel serein et leur bienveillance pour les moissonneurs exposés aux morsures des serpents.

Le jour venu, à la pointe de l'aube, chaque chef de famille
15 partait couper la première javelle[1] dans son champ. Sitôt ces

| 1. Petit tas de tiges de céréales qui restent à terre avant d'être liés avec d'autres gerbes.

prémices[2] recueillies, le tam-tam donnait le signal de la moisson. Tel était l'usage. Quant à dire pourquoi on en usait ainsi, pourquoi le signal n'était donné qu'après qu'une javelle eut été prélevée sur chaque champ, je n'aurais pu le dire à
20 l'époque ; je savais seulement que c'était l'usage et je ne cherchais pas plus loin. Cet usage, comme tous nos usages, devait avoir sa raison, raison qu'on eût facilement découverte chez les anciens du village, au profond du cœur et de la mémoire des anciens ; mais je n'avais pas l'âge alors ni la curiosité d'in-
25 terroger les vieillards, et quand enfin j'ai atteint cet âge, je n'étais plus en Afrique.

J'incline à croire aujourd'hui que ces premières javelles retiraient aux champs leur inviolabilité ; pourtant je n'ai pas souvenir que ces prémices connussent une destination parti-
30 culière, je n'ai pas le souvenir d'offrandes. Il arrive que l'esprit seul des traditions survive, et il arrive aussi que la forme, l'enveloppe, en demeure l'unique expression. Qu'en était-il ici ? Je n'en puis juger ; si mes séjours à Tindican étaient fréquents, ils n'étaient pas si prolongés que je pusse connaître
35 tout. Je sais seulement que le tam-tam ne retentissait que lorsque ces prémices étaient coupées, et que nous attendions fiévreusement le signal, tant pour la hâte que nous avions de commencer le travail, que pour échapper à l'ombre un peu bien fraîche des grands arbres et à l'air coupant de l'aube.
40 Le signal donné, les moissonneurs prenaient la route, et je me mêlais à eux, je marchais comme eux au rythme du tam-tam. Les jeunes lançaient leurs faucilles en l'air et les rattrapaient au vol, poussaient des cris, criaient à vrai dire pour le plaisir de crier, esquissaient des pas de danse à la suite des
45 joueurs de tam-tam. Et, certes, j'eusse sagement fait à ce moment de suivre les recommandations de ma grand-mère

| **2.** Premiers produits récoltés.

qui défendait de me trop mêler aux jongleurs, mais il y avait
dans ces jongleries, dans ces faucilles tournoyantes que le soleil
levant frappait d'éclairs subits, tant d'alacrité[3], et dans l'air
50 tant d'allégresse[4], tant d'allant[5] aussi dans le tam-tam, que je
n'aurais pu me tenir à l'écart.

   Et puis la saison où nous étions ne permettait pas de se tenir
à l'écart. En décembre, tout est en fleur et tout sent bon ; tout
est jeune ; le printemps semble s'unir à l'été, et la campagne,
55 longtemps gorgée d'eau, longtemps accablée de nuées[6] maus-
sades, partout prend sa revanche, éclate ; jamais le ciel n'est
plus clair, plus resplendissant ; les oiseaux chantent, ils sont

Rizière en Afrique.

3. Enjouement, gaieté.	**5.** Entrain.
4. Joie très vive.	**6.** Nuages.

ivres ; la joie est partout, partout elle explose et dans chaque
cœur retentit. C'était cette saison-là, la belle saison, qui me
60 dilatait la poitrine, et le tam-tam aussi, je l'avoue, et l'air de
fête de notre marche ; c'était la belle saison et tout ce qu'elle
contient – et qu'elle ne contient pas : qu'elle répand à profusion ! – qui me faisait danser de joie.

Parvenus au champ qu'on moissonnerait en premier lieu,
65 les hommes s'alignaient sur la lisière, le torse nu et la faucille
prête. Mon oncle Lansana, ou tel autre paysan, car la moisson
se faisait de compagnie et chacun prêtait son bras à la moisson
de tous, les invitait alors à commencer le travail. Aussitôt les
torses noirs se courbaient sur la grande aire[7] dorée, et les
70 faucilles entamaient la moisson. Ce n'était plus seulement la
brise matinale à présent qui faisait frémir le champ, c'étaient
les hommes, c'étaient les faucilles.

Ces faucilles allaient et venaient avec une rapidité, avec une
infaillibilité[8] aussi, qui surprenaient. Elles devaient sectionner
75 la tige de l'épi entre le dernier nœud et la dernière feuille tout
en emportant cette dernière ; eh bien ! elles n'y manquaient
jamais. Certes, le moissonneur aidait à cette infaillibilité : il
maintenait l'épi avec la main et l'offrait au fil de la faucille,
il cueillait un épi après l'autre ; il n'en demeurait pas moins
80 que la prestesse[9] avec laquelle la faucille allait et venait, était
surprenante. Chaque moissonneur au surplus mettait son
honneur à faucher avec sûreté et avec la plus grande célé-
rité[10] ; il avançait, un bouquet d'épis à la main, et c'était au
nombre et à l'importance des bouquets que ses pairs[11] le
85 jaugeaient[12].

Mon jeune oncle était merveilleux dans cette cueillette
du riz : il y devançait les meilleurs. Je le suivais pas à pas,

---

7. Terrain plat. Ici, le champ de riz mûr.
8. Sans faute, avec perfection.
9. Agilité et rapidité.

10. Vitesse.
11. Semblables.
12. Mesuraient sa valeur.

fièrement, et je recevais de ses mains les bottes d'épis. Quand j'avais à mon tour la botte dans la main, je débarrassais les
90 tiges de leurs feuilles et les égalisais, puis je mettais les épis en tas ; et je prenais grande attention à ne pas trop les secouer, car le riz toujours se récolte très mûr, et étourdiment secoué, l'épi eût abandonné une partie de ses grains. Je ne liais pas les gerbes que je formais ainsi : c'était là déjà du travail
95 d'homme ; mais j'avais permission, la gerbe liée, de la porter au milieu du champ et de la dresser.

À mesure que la matinée avançait, la chaleur gagnait, prenait une sorte de frémissement et d'épaisseur, une consistance à quoi ajoutait encore un voile de fine poussière faite de glèbe[13]
100 foulée et de chaume[14] remué. Mon oncle, alors, chassant de la main la sueur de son front et de sa poitrine, réclamait sa gargoulette[15]. Je courais la chercher dessous les feuilles, où elle gîtait[16] au frais, et la lui tendais.

– Tu m'en laisseras ? disais-je.
105 – Je ne vais pas la boire toute, dis donc !

Je le regardais boire de longues gorgées à la régalade[17].

– Allons ! voilà qui va mieux, disait-il en me rendant la gargoulette. Cette poussière finit par encrasser la gorge.

Je mettais mes lèvres à la gargoulette, et la fraîcheur de l'eau
110 se glissait en moi, rayonnait subitement en moi ; mais c'était une fraîcheur fallacieuse[18] : elle passait vite et, après, j'avais le corps inondé de sueur.

– Retire ta chemise, disait mon oncle. Elle est trempée. Ce n'est pas bon de garder du linge mouillé sur la poitrine.
115 Et il reprenait le travail, et de nouveau je le suivais pas à pas, fier de nous voir occuper la première place.

---

13. Terre.
14. Paille.
15. Récipient poreux dans lequel le liquide se rafraîchit par évaporation.
16. Trouvait refuge.

17. Boire en renversant la tête, la boisson coulant dans la bouche sans que le récipient touche les lèvres.
18. Trompeuse.

  – Tu n'es pas fatigué ? disais-je.

  – Pourquoi serais-je fatigué ?

  – Ta faucille va vite.

120 – Elle va, oui.

  – On est les premiers !

  – Ah ! oui ?

  – Mais tu le sais bien ! disais-je. Pourquoi dis-tu « ah ! oui ? »

  – Je ne vais pas me vanter, tout de même !

125 – Non.

  Et je me demandais si je ne pourrais pas l'imiter, un jour, l'égaler, un jour.

  – Tu me laisseras faucher aussi ?

  – Et ta grand-mère ? Que dirait ta grand-mère ? Cette faucille
130 n'est pas un jouet ; tu ne sais pas comme elle est tranchante !

  – Je le vois bien.

  – Alors ? Ce n'est pas ton travail de faucher. Je ne crois pas que ce sera jamais ton travail ; plus tard…

  Mais je n'aimais pas qu'il m'écartât ainsi du travail des
135 champs. « Plus tard… » Pourquoi ce « plus tard… » ? Il me semblait que, moi aussi, j'aurais pu être un moissonneur, un moissonneur comme les autres, un paysan comme les autres. Est-ce que…

  – Eh bien, tu rêves ? disait mon oncle.

140 Et je prenais la botte d'épis qu'il me tendait, j'enlevais les feuilles des tiges, j'égalisais les tiges. Et c'était vrai que je rêvais : ma vie n'était pas ici… et elle n'était pas non plus dans la forge paternelle. Mais où était ma vie ? Et je tremblais devant cette vie inconnue. N'eût-il pas été plus simple de prendre la suite
145 de mon père ? « L'école… l'école… pensais-je ; est-ce que j'aime tant l'école ? »

Repérer et analyser

Le narrateur

La situation d'énonciation

1 Relevez dans l'extrait des exemples dans lesquels le pronom « je » renvoie au narrateur enfant et des exemples dans lesquels il renvoie au narrateur adulte.

Le regard du narrateur

2 Montrez, en donnant des exemples, que le narrateur alterne les passages narratifs et les commentaires.

3 **a.** Relevez des commentaires dans lesquels le narrateur :
– commente l'action ;
– fait des retours sur le passé en émettant des regrets ;
– anticipe sur l'avenir.
b. Les pauses introduites par ces commentaires contribuent-elles à l'intérêt de la lecture ? Justifiez votre réponse.

L'introspection

L'introspection est l'analyse effectuée par une personne sur elle-même concernant ses sentiments, ses intentions, ses humeurs (son mécontentement).

4 Donnez quelques exemples de passages dans lesquels le narrateur adulte procède à une analyse introspective de ce qu'il a pu ressentir étant enfant. Quel sujet le préoccupait principalement ?

Le travail de mémoire

Dans le récit autobiographique, le narrateur peut, durant le travail d'écriture, évoquer ses doutes ou son ignorance concernant un fait. Il utilise alors des modalisateurs comme « peut-être », « sans doute », « probablement », « il me semble », « je pense », des verbes comme « pouvoir » et « devoir », ou encore le mode conditionnel.

5 Relevez dans les différents commentaires du narrateur les modalisateurs lui permettant d'exprimer :
– la défaillance de sa mémoire ;
– son ignorance ;
– ses hypothèses ;
– ses certitudes.

L'anticipation

Dans un récit autobiographique, le narrateur adulte possède une connaissance globale des événements passés qu'il raconte. Ce savoir lui permet dès lors de raconter ou d'évoquer un événement ou une situation situés beaucoup plus tard dans le déroulement chronologique de l'action. C'est ce qu'on appelle l'anticipation.

6 Relevez à la fin de l'extrait, dans le commentaire du narrateur, une expression pouvant être assimilée à une anticipation.

Le souvenir évoqué

7 À quelle époque de l'année la moisson se déroule-t-elle ? Quelle est la céréale moissonnée ?

8 Retrouvez les différentes étapes exprimant le déroulement de la moisson. (Aidez-vous de la disposition du texte en paragraphes.)

9 Le lexique des sensations

On distingue les sensations visuelles (sensibilité aux couleurs, aux lumières), auditives (bruits), tactiles (évocation de la fraîcheur, de la chaleur…), gustatives (goûts), olfactives (parfums, odeurs).

Relevez les mots et expressions montrant que cette journée passée à la moisson est une fête. Appuyez-vous notamment sur le champ lexical de la joie et sur le lexique des sensations visuelles, auditives, tactiles.

10 La personnification

La personnification est le procédé qui consiste à attribuer à un animal ou à une chose des sentiments ou des comportements humains.

Montrez, en citant le texte, que la faucille est personnifiée durant le travail de la coupe. Quel est l'effet produit ?

Les personnages

11 a. Comment l'habileté des moissonneurs se manifeste-t-elle ?
b. Quels risques encourent-ils durant la moisson ?

12 Relevez les expressions montrant que les moissonneurs manifestent : un respect de l'ordre ; un respect de la tradition ; un respect de la solidarité ; une rivalité amicale.

13 En quoi l'oncle est-il supérieur aux autres moissonneurs ? Justifiez.

Le parcours initiatique :
la découverte des activités rurales

Le rôle de l'oncle

14 a. Montrez, en citant le texte, que l'enfant éprouve de l'admira-
tion pour son oncle et que celui-ci est pour lui un modèle. Dans quel
domaine se distingue-t-il particulièrement ?

b. Quel pronom personnel le narrateur utilise-t-il dans les lignes 115
à 125 pour montrer que le prestige de l'oncle est partagé par l'enfant ?

L'expérience de la vie rurale

15 a. Quelle expérience concernant la vie rurale l'enfant fait-il auprès
des moissonneurs ? Pour répondre, dites de quelle manière l'enfant
participe à la cueillette.

b. Quel souhait formule-t-il à ce propos auprès de son oncle ?

La projection dans l'avenir

16 a. Quelle est la prédiction effectuée par l'oncle concernant l'avenir
de l'enfant ?

b. Quel personnage avait déjà alerté l'enfant concernant son avenir ?
À la fin de quel chapitre ?

17 Relisez la fin de l'extrait.

a. Quel type de phrase et quels éléments de ponctuation traduisent
les doutes de l'enfant concernant son avenir ? Quelles questions se
pose-t-il ?

b. En vous aidant de vos réponses précédentes, montrez comment
la cohésion du groupe des moissonneurs et l'harmonie du travail
communautaire peuvent faire naître chez l'enfant un sentiment d'ex-
clusion et de solitude.

Le témoignage sur l'Afrique

La poésie de l'Afrique

Le narrateur peut donner une image méliorative ou péjorative de ce qu'il décrit :
il utilise selon l'effet recherché un lexique valorisant ou dévalorisant, des adjec-
tifs au superlatif, des adverbes d'intensité, des effets d'exagération ; il peut
exprimer son émotion par les types de phrases.

18 Délimitez le passage décrivant la nature en décembre. Quelle image le narrateur donne-t-il de la nature africaine en cette saison ? Donnez quelques exemples des procédés qu'il utilise.

La visée

19 Quelle image le narrateur cherche-t-il à donner de la société rurale africaine ? À quel stade de son parcours en est-il, dans cet extrait ?

Écrire

Raconter à la manière de

20 « Ce n'est pas ton travail de faucher », affirme l'oncle à l'enfant. Mais profitant d'un moment d'inattention des adultes, ce dernier emprunte une faucille et se blesse. Racontez la scène et ses conséquences à la manière du narrateur de *L'Enfant noir*.

Décrire un groupe en action

21 En prenant pour modèle le passage sur les moissonneurs en action, décrivez à votre tour un groupe de personnes au travail.

Argumenter

22 Vous sentez-vous, comme l'enfant, attiré(e) par un métier ? Lequel ? Expliquez pourquoi.

Débattre

L'école

23 « Est-ce que j'aime tant l'école ? » se demande l'enfant. Et vous, aimez-vous le collège ? Que vous apporte-t-il ? Que lui reprochez-vous ?

Enquêter

L'Afrique tropicale

24 Recherchez dans un manuel de géographie (ou une encyclopédie) des renseignements concernant l'Afrique tropicale (pluie, température, rythme des saisons…).

Lire et comparer

Mémé Santerre, Serge Grafteaux

25 Lisez le texte suivant et comparez-le avec le texte étudié.

a. Quels points communs existe-t-il entre ces deux descriptions de la moisson ?

b. En quoi divergent-elles ?

Dans son livre intitulé Mémé Santerre, *le journaliste Serge Grafteaux a mis en forme le récit de Marie-Catherine Santerre, vieille femme de quatre-vingt-cinq ans qu'il a rencontrée dans un hôpital et qui lui raconte son passé.*

« Au fur et à mesure que le soleil, dès l'aube, se faisait plus vif, que le ciel bleu, dès dix heures, semblait chauffé à blanc, petit à petit, approchait le temps de la moisson.

Quelques jours avant arrivaient à la ferme de grands gaillards velus, parlant et riant fort : c'étaient les faucheurs, venus des Flandres, avec leur sac où ils transportaient leurs propres lames, luisantes comme de l'argent. Ils les repassaient d'un geste large sur la pierre à aiguiser qui trempait dans une corne pleine d'eau, attachée à leur ceinture.

Non seulement ils apportaient leurs faux, mais aussi les manches de bois formés à leurs mains, et qui brillaient comme des meubles bien cirés.

L'un des faucheurs avait expliqué à papa que ces outils étaient précieux. Sans sa propre faux, le meilleur d'entre eux devenait malhabile. Il fallait qu'il trouve, en balançant l'outil, avant de commencer, le renflement dans le bois, que la paume gauche épousait, tandis que les doigts de la main droite venaient s'encastrer dans les petits dénivellements que les heures de travail y avaient marqués. […]

Ils étaient solides comme des rocs, ces grands hommes blonds et rieurs. Le soir, dans la cour, après le dîner, tout en fumant leur pipe, ils trouvaient encore la force de chanter des airs de leur pays, d'une voix rude et joyeuse. […]

Bien qu'ils se couchassent tard, les faucheurs étaient exacts et fidèles au poste le lendemain. Dès l'aube, en bataillon, sur un rang, ils étaient tous là sous le soleil déjà fort. Et, au signal du maître d'équipe, ils partaient face à l'immensité blonde et mouvante qu'ils allaient coucher. Devant eux, les faux dansaient d'un mouvement continu en un étrange ballet luisant, tranchant les épis dans un curieux sifflement.

De temps en temps, ils s'arrêtaient ; et les pierres d'émeri résonnaient, claires, sur le métal dont chaque faucheur biaisait le fil à sa guise. Ensuite, le ballet reprenait, les faux rajeunies sifflant de plus belle et continuant leur œuvre de destruction dans les épis lourds et dorés.

Ah ! les faucheurs ! je les ai bien regrettés quand ils sont partis pour ne plus revenir, chassés par l'énorme bête mécanique que je vis arriver bien plus tard devant moi. Elle en remplaçait dix, de ces hommes-là, mais elle ne chantait pas. »

Serge Grafteaux, *Mémé Santerre*, DR.

Extrait 6

« Nous avions tous grand respect pour elle... »

À Kouroussa, l'enfant habite chez sa mère tandis que ses frères et sœurs dorment chez la grand-mère paternelle. Les nombreux apprentis du père, venus généralement de loin, occupent leur propre logement. Seuls les plus jeunes partagent, eux aussi, la case de la mère. C'est donc une « famille » élargie qu'accueille la concession. Aussi, pour que règne l'entente entre tous ces occupants, un certain nombre de règles doivent être respectées.

Au réveil, après nous être fait un peu bien prier, nous trouvions prêt le repas du matin. Ma mère se levait aux premières lueurs de l'aube pour le préparer. Nous nous asseyions tous autour des plats fumants : mes parents, mes sœurs, mes frères,
5 les apprentis, ceux qui partageaient mon lit comme ceux qui avaient leur case propre. Il y avait un plat pour les hommes, et un second pour ma mère et pour mes sœurs.

Je ne puis dire exactement que ma mère présidait le repas : mon père le présidait. C'était la présence de ma mère pour-
10 tant qui se faisait sentir en premier. Était-ce parce qu'elle avait préparé la nourriture, parce que les repas sont choses qui regardent d'abord les femmes ? Sans doute, mais ce n'était pas tout : c'était ma mère, par le seul fait de sa présence, et bien qu'elle ne fût pas directement assise devant notre plat, qui veillait à
15 ce que tout se passât dans les règles ; et ces règles étaient strictes.

Ainsi il m'était interdit de lever les yeux sur les convives plus âgés, et il m'était également interdit de bavarder : toute mon attention devait être portée sur le repas. De fait, il eût été très

peu poli de bavarder à ce moment ; mes plus jeunes frères
20 même n'ignoraient pas que l'heure n'était pas à jacasser :
l'heure était à honorer la nourriture ; les personnes âgées obser-
vaient quasiment le même silence. Ce n'était pas les seules
règles : celles qui concernaient la propreté n'étaient pas les
moindres. Enfin s'il y avait de la viande au centre du plat, je
25 n'avais pas à m'en emparer ; je devais me servir devant moi,
mon père se chargeant de placer la viande à ma portée. Toute
autre façon de faire eût été mal vue et rapidement réprimée[1] ;
du reste les repas étaient très suffisamment copieux pour que
je ne fusse point tenté de prendre plus que je ne recevais.
30   Le repas achevé, je disais :
     – Merci, papa.
     Les apprentis disaient :
     – Merci, maître.
     Après je m'inclinais devant ma mère et lui disais :
35   – Le repas était bon, maman.
     Mes frères, mes sœurs, les apprentis en faisaient autant.
Mes parents répondaient à chacun : « Merci. » Telle était la
bonne règle. Mon père se fût certainement offusqué[2] de la
voir transgresser, mais c'est ma mère, plus vive, qui eût réprimé
40 la transgression ; mon père avait l'esprit à son travail, il aban-
donnait ces prérogatives[3] à ma mère.
     Je sais que cette autorité dont ma mère témoignait, paraîtra
surprenante ; le plus souvent on imagine dérisoire le rôle de la
femme africaine, et il est des contrées en vérité où il est insi-
45 gnifiant, mais l'Afrique est grande, aussi diverse que grande.
Chez nous, la coutume ressortit à[4] une foncière[5] indépendance,
à une fierté innée ; on ne brime que celui qui veut bien se laisser
brimer, et les femmes se laissent très peu brimer. Mon père,

---

1. Punie.   **3.** Privilèges.   **5.** Naturelle.
2. Choqué.   **4.** Relève de.

lui, ne songeait à brimer personne, ma mère moins que
50 personne ; il avait grand respect pour elle, et nous avions tous
grand respect pour elle, nos voisins aussi, nos amis aussi. Cela
tenait, je crois bien, à la personne même de ma mère, qui imposait ; cela tenait encore aux pouvoirs qu'elle détenait.

J'hésite un peu à dire quels étaient ces pouvoirs et je ne veux
55 même pas les décrire tous : je sais qu'on en accueillera le récit
avec scepticisme[6]. Moi-même, quand il m'arrive aujourd'hui
de me les remémorer, je ne sais plus trop comment je les dois
accueillir : ils me paraissent incroyables ; ils sont incroyables !
Pourtant il suffit de me rappeler ce que j'ai vu, ce que mes yeux
60 ont vu. Puis-je récuser[7] le témoignage de mes yeux ? Ces choses
incroyables, je les ai vues ; je les revois comme je les voyais.
N'y a-t-il pas partout des choses qu'on n'explique pas ? Chez
nous, il y a une infinité de choses qu'on n'explique pas, et ma
mère vivait dans leur familiarité.

65 Un jour – c'était la fin du jour – j'ai vu des gens requérir[8]
l'autorité de ma mère pour faire se lever un cheval qui demeurait insensible à toutes les injonctions[9]. Le cheval était en
pâture[10], couché, et son maître voulait le ramener dans l'enclos avant la nuit ; mais le cheval refusait obstinément de se
70 lever, bien qu'il n'eût apparemment aucune raison de ne pas
obéir, mais telle était sa fantaisie du moment, à moins qu'un
sort ne l'immobilisât. J'entendis les gens s'en plaindre à ma
mère et lui demander aide.

– Eh bien ! allons voir ce cheval, dit ma mère.

75 Elle appela l'aînée de mes sœurs et lui dit de surveiller la
cuisson du repas, puis s'en fut avec les gens. Je la suivis.
Parvenus à la pâture, nous vîmes le cheval : il était couché dans
l'herbe et nous regarda avec indifférence. Son maître essaya

---

6. Doute.
7. Refuser.
8. Demander.
9. Ordres.
10. En train de se nourrir dans un pré.

encore de le faire se lever, le flatta, mais le cheval demeurait
80 sourd ; son maître s'apprêta alors à le frapper.

– Ne le frappe pas, dit ma mère, tu perdrais ta peine.

Elle s'avança et, levant la main, dit solennellement :

– S'il est vrai que, depuis que je suis née, jamais je n'ai connu
d'homme avant mon mariage ; s'il est vrai encore que, depuis
85 mon mariage, jamais je n'ai connu d'autre homme que mon
mari, cheval, lève-toi !

Et tous nous vîmes le cheval se dresser aussitôt et suivre doci-
lement son maître. Je dis très simplement, je dis fidèlement
ce que j'ai vu, ce que mes yeux ont vu, et je pense en vérité que
90 c'est incroyable, mais la chose est bien telle que je l'ai dite : le
cheval se leva incontinent[11] et suivit son maître ; s'il eût refusé
d'avancer, l'intervention de ma mère eût eu pareil effet.

D'où la mère détient-elle ses pouvoirs ?

*Tout d'abord de sa place dans la fratrie. En Afrique, les
jumeaux sont réputés plus subtils que les autres enfants et
quasiment sorciers. Mais l'enfant qui les suit est doué d'un
don de sorcellerie plus redoutable encore.*

*À ces pouvoirs viennent s'ajouter ensuite ceux hérités du
grand-père maternel, forgeron de son état. Cette caste fournit
en effet la majorité des circonciseurs et « des diseurs de choses
cachées ».*

*Enfin, le totem de la mère est le crocodile. Cette particula-
rité lui offre le privilège de puiser de l'eau dans la rivière sans
être inquiétée par les sauriens qui la peuplent.*

*Et le narrateur de terminer son chapitre par cet aveu plein
d'amertume : la société a tellement évolué que les Africains
ont perdu, peu à peu, leur culture et leurs valeurs ancestrales.
À tel point que le narrateur lui-même ignore son propre totem !*

| **11.** Aussitôt.

Repérer et analyser

La situation d'énonciation

L'énoncé ancré, l'énoncé coupé ; les systèmes temps

On trouve en alternance dans les récits autobiographiques deux types d'énoncés : l'énoncé **ancré dans la situation d'énonciation** qui renvoie au moment de l'écriture, l'**énoncé coupé** qui renvoie au moment du souvenir.

– L'énoncé **ancré** est caractérisé par l'emploi du **système temps présent** (temps de référence : présent d'énonciation ; autres temps : futur, imparfait, passé composé, plus-que-parfait) et par les adverbes de temps et de lieu (aujourd'hui, demain, hier…).

– L'énoncé **coupé** est caractérisé par l'emploi du **système temps passé** (temps de référence : passé simple ; autres temps : imparfait, plus-que-parfait, passé antérieur…). Les adverbes de temps et de lieu sont coupés du présent (ce jour-là, le lendemain…).

1 Montrez à partir de quelques exemples précis que le narrateur alterne les énoncés ancrés et les énoncés coupés. À quels différents moments renvoient-ils ?

2 Repérez dans les lignes 54 à 64 les marques de l'énoncé ancré. Appuyez-vous :

– sur les temps utilisés : à quels différents moments renvoient-ils par rapport au moment de l'écriture ?

– sur l'adverbe de temps : à quel moment renvoie-t-il ?

Les souvenirs évoqués

3 **a.** Quels sont les souvenirs évoqués dans les lignes 1 à 41 et 65 à 92 ?

b. Imparfait, passé simple

Le passé simple est utilisé pour toutes les actions mises au premier plan du récit ; l'imparfait pour ce qui constitue le second plan (descriptions, actions répétées).

Identifiez le temps majoritairement utilisé dans chacune de ces parties. Justifiez l'emploi de chacun de ces temps.

c. Qui sont les personnages présents dans chacune des deux scènes racontées ? Quel est leur rôle respectif ?

Le personnage de la mère

4 **a.** À quelles différentes tâches la mère s'occupe-t-elle ?
b. Quel est son rôle au sein de la famille ? Relevez dans le second paragraphe les présentatifs utilisés par le narrateur pour mettre en valeur son rôle (voir p. 31, la forme emphatique). Montrez qu'elle partage l'autorité parentale avec le père du narrateur.

5 La caractérisation du personnage

Dans un récit, le narrateur peut caractériser un personnage :
– soit de façon directe, en fournissant lui-même au lecteur des informations sur ce personnage ;
– soit de façon indirecte, le caractère du personnage étant alors révélé par son comportement, les paroles qu'il prononce, ou encore par ce qu'en disent les autres personnages.

a. En quoi peut-on dire que le trait de caractère dominant de la mère est l'autorité ? Appuyez-vous sur ce qu'en dit le narrateur, sur son comportement, sur les paroles qu'elle prononce.
b. Quels pouvoirs détient-elle ? Appuyez-vous pour répondre sur l'épisode du cheval.
c. Quelles autres informations livre-t-elle lorsqu'elle prononce la formule incantatoire face au cheval ?
d. Expliquez l'expression suivante :
« s'il eût refusé d'avancer, l'intervention de ma mère eût eu pareil effet. » (l. 91-92).

Le parcours initiatique : le rôle de la mère

L'éducation familiale

6 Quelles sont les règles que l'enfant doit successivement respecter avant, durant et après le repas ?

Le rapport avec la mère

7 **a.** Quels rapports le narrateur enfant entretient-il avec sa mère ? Se soumet-il à son autorité ?
b. Que découvre-t-il d'elle lors de l'épisode du cheval ? Quelle image l'enfant a-t-il pu avoir de sa mère à ce moment-là ?

Le regard du narrateur adulte

8 Le degré de certitude

> Pour signaler qu'il adhère peu, beaucoup ou pas du tout à ce qu'il écrit, le narrateur introduit dans ses propos des modalisateurs (« peut-être », « sans doute », « j'hésite », « il me semble », « je pense », « je suis certain », « sans aucun doute »…) qui indiquent qu'il émet une hypothèse, donne un avis personnel ou affirme une certitude.

a. Après avoir relu le passage allant de « J'hésite un peu à dire » (l. 54) à « vivait dans leur familiarité. » (l. 64), relevez les différents modalisateurs permettant au narrateur d'exprimer tantôt ses doutes, tantôt ses certitudes concernant la scène à laquelle il a assisté.

b. Quels types de phrases le narrateur utilise-t-il pour marquer l'aspect insolite de la scène évoquée ?

9 Quelle attitude le narrateur adulte adopte-t-il vis-à-vis des pouvoirs particuliers que détient sa mère et de ce qu'ils représentent ? Expliquez cette attitude.

Le témoignage sur l'Afrique

La femme africaine

10 **a.** Selon le narrateur, quelles idées préconçues existent concernant le statut de la femme africaine ?

b. Quelles rectifications le narrateur apporte-t-il ? Relevez les formules répétitives utilisées par le narrateur pour effectuer cette mise au point (l. 42 à 53). Quel est l'effet produit par ces répétitions ?

c. Quelles nuances le narrateur apporte-t-il, notamment quand il précise « Chez nous » (l. 46) ?

11 Comment se traduit la différence entre hommes et femmes durant le repas ? Cela vous semble-t-il contradictoire avec le statut de la femme tel que le narrateur l'a défini dans les lignes 42 à 53 ?

12 Quel aspect de l'Afrique les pouvoirs de la mère symbolisent-ils ?

La visée

13 Quelle image le narrateur donne-t-il :

a. de sa mère ? Mettez en rapport cet extrait avec la dédicace.

b. du rôle de la femme et de l'éducation des enfants en Afrique ?

14 Dans cet extrait, où l'enfant en est-il de son parcours ? Quelles règles a-t-il acquises ?

Étudier la langue

Synonymes et antonymes

15 « il m'était interdit » (l. 16). Cherchez des synonymes, puis des antonymes du mot « interdiction ». Utilisez-en quelques-uns dans des phrases qui mettront leur sens en valeur.

Le mode subjonctif

– Le mode **subjonctif** s'utilise en proposition subordonnée après les verbes de volonté ou de souhait. Il s'utilise aussi dans les propositions circonstancielles exprimant le but (pour que…), la concession (bien que…, quoique…), l'antériorité (avant que…), l'hypothèse (à supposer que…, à moins que…).

– Le **subjonctif plus-que-parfait** peut exprimer l'irréel du passé (action qui aurait pu avoir lieu dans le passé). Il équivaut alors au conditionnel passé. Ex : cela eût été préférable (= cela aurait été préférable).

16 **a.** « il eût été très peu poli de bavarder à ce moment », l. 18-19 ; « Mon père se fût certainement offusqué de la voir transgresser », l. 38-39 ; « l'intervention de ma mère eût eu pareil effet » (l. 92). Identifiez le temps du subjonctif utilisé. Quelle est sa valeur ici ? Pour répondre, remplacez la forme verbale par une autre plus courante.
b. « bien qu'elle ne fût pas directement assise » (l. 13-14) ; « à moins qu'un sort ne l'immobilisât » (l. 71-72). Identifiez le mode et le temps de la forme verbale, et justifiez son emploi.

Écrire

Imaginer une autre scène

17 « Mon père se fût certainement offusqué de la voir transgresser [la bonne règle] » (l. 38-39). Un matin, pourtant, un apprenti ne la respecte pas. Vous prenez la place du narrateur et racontez la scène.

Écrire un article de presse

18 Un journaliste a assisté à l'épisode du cheval et décide de raconter l'événement de manière sensationnelle. Rédigez cet article.

Rédiger un témoignage

19 Peut-être vous est-il arrivé, à vous aussi, d'assister à un événement étrange ou inexplicable. Lequel? À quelle occasion? Quelles ont été vos réactions?
Racontez.

Débattre

Obéissance et interdit

20 Vous semble-t-il plus facile d'obéir lorsqu'on vous explique les raisons d'une interdiction?

Lire et comparer

Les Bouts de bois de Dieu, Ousmane Sembène

21 Lisez le texte suivant, puis comparez-le avec celui que vous venez d'étudier. En quoi le portrait d'Assistan que brosse Sembène Ousmane s'oppose-t-il à l'image de la femme africaine donnée par Camara Laye?

Né en 1923 à Zinguinchor au Sénégal, Sembène Ousmane (Sembène est son patronyme, Ousmane son prénom) a été successivement pêcheur, plombier, maçon, docker à Marseille, avant de devenir romancier et cinéaste.

Dans Les Bouts de bois de Dieu, *Sembène Ousmane décrit la grève des cheminots de Dakar-Niger (ligne qui reliait Dakar à Bamako) de 1947-1948.*

Assistan est la femme de Bakayoko, l'un des leaders du syndicat qui a décidé de déclencher la grève.

« Assistan était une épouse parfaite selon les anciennes traditions africaines : docile, soumise, travailleuse, elle ne disait jamais un mot plus haut que l'autre. Elle ignorait tout des activités de son mari ou du moins faisait semblant de les oublier. Neuf ans auparavant, on l'avait mariée à l'aîné des Bakayoko. Sans même la consulter, ses parents s'étaient occupés de tout. Un soir, son père lui apprit que son mari se nommait Sadibou Bakayoko et deux mois après on la livrait à un homme qu'elle n'avait jamais vu. Le mariage eut lieu avec toute la pompe[1] nécessaire d'une famille d'ancienne lignée, mais Assistan ne vécut que onze mois avec son mari, celui-ci fut tué lors de la première grève de Thiès. Trois semaines plus tard, elle accouchait d'une fillette. De nouveau, l'antique coutume disposa de sa vie ; on la maria au cadet des Bakayoko : Ibrahima. Celui-ci adopta le bébé et lui donna ce nom étrange : Ad'jibid'ji. Assistan continua d'obéir. Avec la fillette et la grand-mère Niakoro, elle quitta Thiès pour suivre son mari à Bamako. Elle fut aussi soumise à Ibrahima qu'elle l'avait été à son frère. Il partait pour des jours, il restait absent des mois, il bravait des dangers, c'était son lot d'homme, de maître. Son lot à elle, son lot de femme était d'accepter et de se taire, ainsi qu'on le lui avait enseigné.

– Hé, femme, qu'est-ce que tu prépares pour ce soir ? demanda Tiémoko[2], avec la familiarité d'un habitué de la maison.

– Hé, homme, ce sont des restes d'hier. Je vous invite.

– À te voir travailler, il n'y a pas de danger que Bakayoko prenne une seconde épouse, fais-moi confiance !

– Ah, homme, je ne demanderais pas mieux que d'avoir une "rivale[3]", je pourrais au moins me reposer... et puis, je me fais vieille. Chaque fois qu'il part, je fais des vœux pour qu'il ramène une deuxième femme, plus jeune... »

Ousmane Sembène, *Les Bouts de bois de Dieu*, DR.

| 1. Cérémonial somptueux. | 2. Ami de Ibrahima Bakayoko. | 3. Co-épouse.

Extrait 7

« Tu ne dois pas avoir peur ! »

À l'école coranique, le narrateur et ses jeunes condisciples sont victimes, d'une part des brimades des élèves les plus anciens, d'autre part de la brutalité de leurs maîtres. Son ami Kouyaté et lui-même finissent par se révolter et dénoncent ces pratiques auprès de leurs pères respectifs. Ces derniers interviennent aussitôt. Un élève particulièrement virulent est rossé et le directeur de l'école renvoyé. Une vie scolaire plus paisible va pouvoir commencer pour les enfants.

Dans le même temps, le narrateur prend conscience de l'intérêt particulier qu'il porte à Fanta, l'amie de sa sœur...

École à Baffa, Guinée.

C'est qu'il grandit ! À tel point qu'est venu pour lui le temps d'entrer dans « l'association des non-initiés » rassemblant tous les garçons non circoncis de douze, treize ou quatorze ans. Cette société, un peu mystérieuse, est dirigée par les aînés, les grands « Kondén ». Un soir donc, Kodoké, le meilleur joueur de tam-tam de la ville, fait le tour de Kouroussa afin de rassembler tous les garçons en âge d'affronter le terrible Kondén Diara, animal terrifiant et mythique...

Sitôt après que nos aînés se furent assurés qu'aucune présence indiscrète ne menaçait le mystère de la cérémonie, nous avons quitté la ville et nous nous sommes engagés dans la brousse qui mène au lieu sacré où, chaque année, l'initia-
5 tion s'accomplit. Le lieu est connu : c'est, sous un immense fromager[1], un bas-fond situé dans l'angle de la rivière Komoni et du Niger. En temps habituel, aucun interdit n'en défend l'accès ; mais sans doute n'en a-t-il pas toujours été ainsi, et quelque chose, autour de l'énorme tronc du fromager, plane
10 encore de ce passé que je n'ai pas connu ; je pense qu'une nuit comme celle que nous vivions, ressuscitait certainement une part de ce passé.

Nous marchions en silence, très étroitement encadrés par nos aînés. Craignait-on peut-être que nous nous échappions ?
15 On l'eût dit. Je ne crois pas pourtant que l'idée de fuir fût venue à aucun de nous : la nuit, cette nuit-ci particulièrement, était bien trop impénétrable. Savions-nous où Kondén Diara gîtait[2] ? Savions-nous où il rôdait ? Mais n'était-ce pas ici précisément, dans le voisinage du bas-fond, qu'il gîtait et qu'il
20 rôdait ? Oui, ici vraisemblablement. Et s'il fallait l'affronter – il faudrait nécessairement l'affronter ! – mieux valait à coup sûr le faire en groupe, le faire dans ce coude à coude qui nous

---

| **1.** Grand arbre des régions chaudes. | **2.** Habitait, en parlant d'une bête.

soudait les uns aux autres et qui était, devant l'imminence du péril, comme un dernier cri.

25 Quelque intime pourtant que fût notre coude à coude et quelle que pût être la vigilance de nos aînés, il n'en demeurait pas moins que cette marche silencieuse succédant au hourvari[3] de tout à l'heure, cette marche à la lueur décolorée de la lune et loin des cases, et encore le lieu sacré vers lequel nous 30 nous dirigions, et enfin et surtout la présence cachée de Kondén Diara nous angoissaient. Était-ce pour mieux nous surveiller seulement, que nos aînés nous serraient de si près ? Peut-être. Mais peut-être aussi ressentaient-ils quelque chose de l'angoisse qui nous étreignait : pas plus que nous ils ne devaient 35 aimer la conjonction du silence et de la nuit ; ce coude à coude étroit était fait pour les rassurer, eux aussi.

Un peu avant d'atteindre le bas-fond, nous avons vu flamber un grand feu de bois, que les broussailles nous avaient jusquelà dissimulé. Kouyaté[4] m'a furtivement serré le bras, et j'ai 40 compris qu'il faisait allusion à la présence du foyer. Oui, il y avait du feu. Il y avait Kondén Diara, la présence latente[5] de Kondén Diara, mais il y avait aussi une présence apaisante au sein de la nuit : un grand feu ! Et j'ai repris cœur, un peu repris cœur ; j'ai à mon tour rapidement serré le bras de Kouyaté. 45 J'ai hâté le pas – tous nous hâtions le pas ! – et la lueur rouge du brasier nous a environnés. Il y avait à présent ce havre[6], cette sorte de havre dans la nuit : un grand feu et, dans notre dos, l'énorme tronc du fromager. Oh ! c'était un havre précaire[7], mais quelque infime qu'il fût, c'était infiniment plus 50 que le silence et les ténèbres, le silence sournois des ténèbres. Nous nous sommes rangés sous le fromager. Le sol, à nos pieds, avait été débarrassé des roseaux et des hautes herbes.

---

3. Tumulte.
4. Camarade de classe, ami de Laye.
5. Cachée, qui ne se manifeste pas.

6. Lieu calme et protégé.
7. Incertain, non assuré.

– Agenouillez-vous ! crient tout à coup nos aînés.

Nous plions aussitôt les genoux.

55   – Têtes basses !

Nous courbons la tête.

– Plus basses que cela !

Nous courbons la tête jusqu'au sol, comme pour la prière.

– Maintenant, cachez-vous les yeux !

60   Nous ne nous le faisons point répéter ; nous fermons les yeux, nous nouons étroitement les mains sur nos yeux : ne mourrions-nous pas de peur, d'horreur, s'il nous arrivait de voir, simplement d'entrevoir Kondén Diara ! Au surplus, nos aînés traversent nos rangs, passent devant et derrière nous

65   pour s'assurer que nous avons fidèlement obéi. Malheur à l'audacieux qui enfreindrait la défense ! Il serait cruellement fouetté ; d'autant plus cruellement qu'il le serait sans espoir de revanche, car il ne trouverait personne pour accueillir sa plainte, personne pour aller contre la coutume. Mais qui se

70   risquerait à faire l'audacieux en pareille occurrence !

Et maintenant que nous sommes agenouillés, la tête contre terre et les mains nouées sur les yeux, éclate brusquement le rugissement de Kondén Diara !

Ce cri rauque, nous l'attendions, nous n'attendions que

75   lui, mais il nous surprend, il nous perce comme si nous ne l'attendions pas ; et nos cœurs se glacent. Et puis ce n'est pas un lion seulement, ce n'est pas Kondén Diara seulement qui rugit : c'est dix, c'est vingt, c'est trente lions peut-être qui, à sa suite, lancent leur terrible cri et cernent la clairière ; dix ou trente

80   lions dont quelques mètres à peine nous séparent, et que le grand feu de bois ne tiendra peut-être pas toujours à distance ; des lions de toutes tailles et de tous âges – nous le percevons à leurs rugissements –, de très vieux lions et jusque des lionceaux. Non, personne parmi nous ne songerait à risquer un

85   œil ; personne ! Personne n'oserait lever la tête du sol : chacun

enfouirait plutôt sa tête dans le sol, la cacherait et se cacherait plutôt entièrement dans le sol. Et je me courbe, nous nous courbons davantage, nous plions plus fortement les genoux, nous effaçons le dos tant que nous pouvons, je me fais tout petit, nous nous faisons le plus petit que nous pouvons.

« Tu ne dois pas avoir peur ! me dis-je. Tu dois mater[8] ta peur ! Ton père t'a dit de surmonter ta peur ! » Mais comment pourrais-je ne pas avoir peur ? En ville même, à distance de la clairière, femmes et enfants tremblent et se terrent au fond des cases ; ils écoutent Kondén Diara grogner, et beaucoup se bouchent les oreilles pour ne pas l'entendre grogner ; les moins peureux se lèvent – il faut un certain courage à présent pour quitter son lit –, vont vérifier une fois de plus la porte de leur case, vont s'assurer une fois de plus qu'elle est demeurée étroitement assujettie[9], et n'en restent pas moins désemparés. Comment résisterais-je à la peur, moi qui suis à la portée du terrible monstre ? S'il lui plaisait, d'un seul bond, Kondén Diara franchirait le feu de bois et me planterait ses griffes dans le dos !

Pas une seconde je ne mets en doute la présence du monstre. Qui pourrait rassembler, certaines nuits, une troupe aussi nombreuse, mener pareil sabbat[10], sinon Kondén Diara ? « Lui seul, me dis-je, lui seul peut ainsi commander aux lions… Éloigne-toi, Kondén Diara ! Éloigne-toi ! retourne dans la brousse !… » Mais Kondén Diara continue son sabbat, et parfois il me semble qu'il rugit au-dessus de ma tête même, à mes oreilles même. « Éloigne-toi, je te prie, Kondén Diara !… »

Qu'avait dit mon père ? « Kondén Diara rugit ; il se contente de rugir ; il ne t'emportera pas… » Oui, cela ou à peu près. Mais est-ce vrai, bien vrai ? Le bruit court aussi que Kondén Diara parfois tombe, toutes griffes dehors, sur l'un ou l'autre, l'emporte loin, très loin au profond de la brousse ; et puis, des

| **8.** Vaincre, maîtriser. | **9.** Fermée. | **10.** Désordre bruyant.

jours et des jours plus tard, des mois ou des années plus tard,
au hasard d'une randonnée, on tombe sur des ossements blan-
chis… Est-ce qu'on ne meurt pas aussi de peur ?… Ah ! comme
120 je voudrais que cessent ces rugissements ! comme je voudrais…
Comme je voudrais être loin de cette clairière, être dans notre
concession, dans le calme de notre concession, dans la chaude
sécurité de la case !… Est-ce que ces rugissements ne vont
pas bientôt cesser ?… «Va-t-en, Kondén Diara ! Va-t-en !…
125 Cesse de rugir !…» Ah ! ces rugissements !… Il me semble
que je ne vais plus pouvoir les supporter…

Et voici que brusquement ils cessent ! Ils cessent comme ils
ont commencé. C'est si brusque à vrai dire, que j'hésite à me
réjouir. Est-ce fini ? Vraiment fini ?… N'est-ce qu'une inter-
130 ruption momentanée ?… Non, je n'ose pas me réjouir encore.
Et puis soudain la voix de nos aînés retentit :
– Debout !
Un soupir s'échappe de ma poitrine. C'est fini ! Cette fois,
c'est bien fini ! Nous nous regardons ; je regarde Kouyaté, les
135 autres. Si la clarté était meilleure… Mais il suffit de la lueur
du foyer : de grosses gouttes de sueur perlent encore sur nos
fronts ; pourtant la nuit est fraîche… Oui, nous avons eu peur !
Nous n'aurions pas pu dissimuler notre peur…

*Suit jusqu'à l'aube l'initiation des enfants composée de
l'apprentissage de nombreux chants. Le narrateur explique
ensuite comment sont produits les rugissements du monstre.
Ce sont les grands « Kondén » qui font tournoyer des petites
planchettes de bois, renflées au centre et aux bords coupants.*

*Cette épreuve, destinée à enseigner aux enfants comment
surmonter la peur, en annonce une autre plus douloureuse car
physique cette fois, la circoncision. Ce rite a pour but de transformer les adolescents en hommes.*

Questions

Repérer et analyser

La situation d'énonciation

1 « Mais n'était-ce pas *ici* précisément, dans le voisinage du bas-fond, qu'il gîtait » (l. 18-19) ; « cette marche silencieuse succédant au hourvari de *tout à l'heure* » (l. 27-28). « Ici » et « tout à l'heure » renvoient-ils à la situation du narrateur adulte ou à celle de l'enfant ? Justifiez votre réponse.

2 « Je pense qu'une nuit comme celle que nous vivions, ressuscitait certainement une part de ce passé » (l. 10 à 12) ; « Je ne crois pas pourtant que l'idée de fuir fût venue à aucun de nous » (l. 15-16) ; « Mais comment pourrais-je ne pas avoir peur » (l. 92-93) ; « Je n'ose pas me réjouir encore » (l. 130). Dans quels cas le pronom « je » renvoie-t-il au narrateur adulte ? dans quels cas au narrateur enfant ?

Les souvenirs évoqués

La cérémonie

3 Quel trajet les personnages effectuent-ils (d'où partent-ils, où se rendent-ils) ? Relevez les mots et expressions qui montrent que les personnages sont en marche.

4 **a.** Relevez l'adjectif qui caractérise le lieu de la cérémonie (l. 4 et 29).

b. Sous quel arbre la cérémonie s'accomplit-elle ? Quel aspect cet arbre a-t-il ?

5 **a.** Quelle est la cérémonie à laquelle participe le narrateur ? En quoi consiste-t-elle ?

b. Selon quelle fréquence cette cérémonie a-t-elle lieu ? Citez le texte.

Les effets de dramatisation

Le cadre

> Le cadre spatio-temporel (lieu de l'action, moment de la journée) participe aux effets de dramatisation (lieux sinistres, cadre nocturne par exemple).

6 En quoi le cadre est-il inquiétant ? Pour répondre :

a. Dites quel est le paysage traversé par les personnages puis précisez la situation géographique du lieu où se déroule la cérémonie.

b. Identifiez le moment de la journée.

c. Relevez dans l'ensemble de l'extrait les notations visuelles (couleurs, éclairage).

7 Les notations auditives

Le silence ou les bruits peuvent présenter un caractère inquiétant et participer à la dramatisation.

a. La marche des personnages se fait-elle dans le bruit ou dans le silence ? Citez le texte.

b. Relevez la phrase qui signale la survenue d'un bruit puis relevez le lexique du bruit jusqu'à « des lionceaux. » (l. 83-84). D'où ce bruit provient-il ? Quel est l'effet produit ?

Les personnages

Les enfants

8 **a.** Quel rôle les aînés jouent-ils auprès des enfants durant la cérémonie ?

b. Quel type de phrase utilisent-ils lorsqu'ils s'adressent à eux ? Justifiez cet emploi.

c. Quelles précautions les aînés prennent-ils ? Dans quel but ?

d. Leur présence est-elle véritablement rassurante pour les enfants ? Justifiez votre réponse.

9 Comment la solidarité des enfants devant le danger est-elle soulignée par le narrateur ?

(Pour répondre, vous observerez les pronoms personnels, la tournure des phrases et le vocabulaire.)

Kondén Diara

10 **a.** Par quelle expression le narrateur désigne-t-il Kondén Diara aux lignes 101-102 ? De quel animal se rapproche-t-il ?

b. Comment la présence de Kondén Diara se manifeste-t-elle durant la cérémonie ?

c. Quels différents renseignements le narrateur livre-t-il au sujet de Kondén Diara ? Ces renseignements sont-ils vraiment précis ? Appuyez-vous notamment sur le type de phrase utilisé dans les lignes 17 à 20.

11 La gradation

> La gradation est une figure de style qui consiste à faire progresser une idée par une énumération de termes de plus en plus forts (gradation ascendante) ou de plus en plus faibles (gradation descendante).

a. Relevez dans les lignes 74 à 84 (de « Ce cri rauque » à « lionceaux. ») une gradation donnant l'impression que Kondén Diara est partout à la fois. Est-elle ascendante ou descendante ?

b. Quel autre procédé stylistique le narrateur utilise-t-il pour renforcer la gradation ?

Le parcours initiatique : une épreuve rituelle

12 a. Relevez le lexique de la peur dans l'ensemble de l'extrait. De quoi le narrateur a-t-il peur ?

b. Relisez les lignes 60 à 64 et les lignes 84 à 90.
Par quels différents procédés le narrateur traduit-il le sentiment de peur ?

13 a. Quel est l'élément qui rassure le narrateur (l. 37 à 50) ? Justifiez votre réponse.

b. Dans les bras de qui se réfugie-t-il ?

14 a. À quoi le narrateur pense-t-il pour se rassurer tout au long de la cérémonie (l. 43 à 50 et 91 à 114) ?

b. Quel est le type de phrase qui traduit son émotion ?

c. À quel moment le narrateur est-il soulagé ?

d. Par quels procédés le narrateur traduit-il son soulagement ?

15 a. En quoi cette cérémonie se présente-t-elle pour le narrateur comme un rite initiatique ?

b. Quelle étape représente cette épreuve dans sa vie ?

Le témoignage sur l'Afrique

16 Quel est le rôle de cette cérémonie dans la vie d'un enfant africain ?

17 Qui est au courant du secret entourant le personnage de Kondén Diara ? Qui en est exclu ? Pour quelle raison, à votre avis ?

La visée

18 Cette cérémonie occupe une place centrale dans la construction du récit. Pour quelle raison le narrateur a-t-il effectué ce choix ?

Étudier la langue

19 La ponctuation et la typographie
Quels signes de ponctuation ou signes typographiques le narrateur utilise-t-il pour différencier la présentation :
– des ordres donnés par les aînés ;
– des conseils prononcés par le père et cités par le fils ;
– des pensées exprimées par l'enfant ?

20 Les valeurs du présent de l'indicatif

Le récit autobiographique mêle souvent quatre valeurs du présent :
– le présent d'énonciation, qui introduit dans le cours du récit un commentaire du narrateur, l'ancrant ainsi dans la situation d'énonciation ;
– le présent de narration, qui exprime des faits passés de premier plan présentés comme s'ils se déroulaient au moment de l'énonciation ;
– le présent de description, qui exprime des faits de second plan en raison de leur aspect répétitif ou duratif ;
– le présent de vérité générale, qui évoque des faits échappant au temps.

Distinguez dans les phrases suivantes les valeurs du présent.
a. « Le lieu est connu : c'est, sous un immense fromager, un bas-fond situé dans l'angle de la rivière Komoni et du Niger. » (l. 5 à 7).
b. « je pense qu'une nuit comme celle que nous vivions, ressuscitait certainement une part de ce passé. » (l. 10 à 12).
c. « et nos cœurs se glacent. » (l. 76).
d. « En temps habituel, aucun interdit n'en défend l'accès » (l. 7-8).

Écrire

Rédiger une légende

21 « Le bruit court aussi que Kondén Diara parfois tombe, toutes griffes dehors, sur l'un ou l'autre, l'emporte loin » (l. 114 à 116). Imaginez la suite sous la forme d'une légende qui finit bien.

Écrire une suite

22 « C'est fini ! [...] je regarde Kouyaté, les autres » (l. 133 à 135).
Horreur ! Durant la cérémonie, de vrais lions attirés par le bruit ont
encerclé le groupe. Or le feu qui doit les tenir à distance, faute de
combustible, s'éteint peu à peu… Racontez la suite à la première
personne. Vous utiliserez le lexique de la peur.

Débattre

La peur

23 Doit-on selon vous faire peur aux enfants ? Dans quels cas ?
Comment ?

Enquêter

Les personnages imaginaires effrayants

24 Recherchez dans les contes et les légendes que vous connaissez
(contes de Perrault, de Grimm, d'Andersen) les personnages imaginaires utilisés pour effrayer les petits enfants. En quoi se ressem-
blent-ils ? En quoi diffèrent-ils ?

Extrait 8

« J'étais un homme ! »

Le narrateur termine sa dernière année de certificat d'études. Est venu pour lui le temps d'abandonner l'enfance et l'innocence et de « naître à la vie d'homme », de subir l'épreuve de la circoncision, opération qui consiste à enlever un petit morceau de peau (le prépuce) au bout du sexe des garçons. En effet, les musulmans considèrent que, par ce rite, l'individu devient un être social à part entière.

Je savais parfaitement que je souffrirais, mais je voulais être un homme, et il ne semblait pas que rien fût trop pénible pour accéder au rang d'homme. Mes compagnons ne pensaient pas différemment : comme moi, ils étaient prêts à payer le prix
5   du sang. Ce prix, nos aînés l'avaient payé avant nous ; ceux qui naîtraient après nous, le paieraient à leur tour ; pourquoi l'eussions-nous esquivé[1] ? La vie jaillissait du sang versé !
Cette année-là, je dansai une semaine au long, sept jours au long, sur la grande place de Kouroussa, la danse du « soli »
10 qui est la danse des futurs circoncis. Chaque après-midi, mes compagnons et moi nous nous dirigions vers le lieu de danse, coiffés d'un bonnet et vêtus d'un boubou[2] qui nous descendait jusqu'aux chevilles, un boubou plus long que ceux qu'on porte généralement et fendu sur les flancs ; le bonnet, un calot[3]
15 plus exactement, était orné d'un pompon qui nous tombait sur le dos ; et c'était notre premier bonnet d'homme ! Les femmes et les jeunes filles accouraient sur le seuil des concessions pour nous regarder passer, puis nous emboîtaient le pas,

---

1. Évité.
2. Habit traditionnel africain ressemblant à une longue robe.
3. Bonnet étroit et allongé.

Nzerecoré en Guinée.

revêtues de leurs atours[4] de fête. Le tam-tam ronflait, et nous
20 dansions sur la grande place jusqu'à n'en pouvoir plus ; et plus
nous avancions dans la semaine, plus les séances de danse s'al-
longeaient, plus la foule augmentait.

Mon boubou, comme celui de mes compagnons, était d'un
ton brun qui tirait sur le rouge, un ton où le sang ne risque pas
25 de laisser des traces trop distinctes. Il avait été spécialement tissé
pour la circonstance, puis confié aux ordonnateurs[5] de la cérémonie. Le boubou à ce moment était blanc ; c'étaient les ordonnateurs qui s'étaient occupés à le teindre avec des écorces

4. Habits.
5. Personnes chargées de régler la marche de la cérémonie.

d'arbre, et qui l'avaient ensuite plongé dans l'eau boueuse
30 d'une mare de la brousse ; le boubou avait trempé l'espace de
plusieurs semaines : le temps nécessaire pour obtenir le ton
souhaité peut-être, ou sinon pour quelque raison rituelle qui
m'échappe. Le bonnet, hormis le pompon qui était resté blanc,
avait été teint de la même manière, traité de la même manière.
35   Nous dansions, je l'ai dit, à perdre souffle, mais nous
n'étions pas seuls à danser : la ville entière dansait ! On venait
nous regarder, on venait en foule, toute la ville en vérité venait,
car l'épreuve n'avait pas que pour nous une importance capi-
tale, elle avait quasiment la même importance pour chacun
40 puisqu'il n'était indifférent à personne que la ville, par une
deuxième naissance qui était notre vraie naissance, s'accrût
d'une nouvelle fournée de citoyens ; et parce que toute réunion
de danse a, chez nous, tendance à se propager, parce que
chaque appel de tam-tam a un pouvoir presque irrésistible,
45 les spectateurs se transformaient bientôt en danseurs : ils enva-
hissaient l'aire[6] et, sans toutefois se mêler à notre groupe, ils
partageaient intimement notre ardeur, ils rivalisaient avec
nous de frénésie[7], les hommes comme les femmes, les femmes
comme les jeunes filles, bien que femmes et jeunes filles
50 dansassent ici strictement de leur côté.

Tandis que je dansais, mon boubou fendu sur les flancs,
fendu du haut en bas, découvrait largement le foulard aux
couleurs vives que je m'étais enroulé autour des reins. Je le
savais et je ne faisais rien pour l'éviter : je faisais plutôt tout
55 pour y contribuer. C'est que nous portions chacun un foulard
semblable, plus ou moins coloré, plus ou moins riche, que
nous tenions de notre amie en titre. Celle-ci nous en avait
fait cadeau pour la cérémonie et l'avait le plus souvent retiré
de sa tête pour nous le donner. Comme le foulard ne peut

| **6.** Ici, la grande place de Kouroussa. | **7.** Excitation intense.

60 passer inaperçu, comme il est la seule note personnelle qui tranche sur l'uniforme commun, et que son dessin comme son coloris le font facilement identifier, il y a là une sorte de manifestation publique d'une amitié – une amitié purement enfantine, il va de soi – que la cérémonie en cours va peut-être
65 rompre à jamais ou, le cas échéant, transformer en quelque chose de moins innocent et de plus durable. Or, pour peu que notre amie attitrée fût belle et par conséquent convoitée[8], nous nous déhanchions avec excès pour mieux faire flotter notre boubou et ainsi plus amplement dégager notre foulard ;
70 en même temps nous tendions l'oreille pour surprendre ce qu'on disait de nous, et de notre amie et de notre chance, mais ce que notre oreille percevait était peu de chose : la musique était assourdissante, l'animation extraordinaire et la foule trop dense aux abords de l'aire.

75 Il arrivait qu'un homme fendît cette foule et s'avançât vers nous. C'était généralement un homme d'âge, et souvent un notable[9], qui avait des liens d'amitié ou d'obligations avec la famille de l'un de nous. L'homme faisait signe qu'il voulait parler, et les tam-tams s'interrompaient un moment, la danse
80 cessait un moment. Nous nous approchions de lui. L'homme alors s'adressait d'une voix forte à l'un ou l'autre d'entre nous.

– Toi, disait-il, écoute ! Ta famille a toujours été amie de la mienne ; ton grand-père est l'ami de mon père, ton père est mon ami, et toi, tu es l'ami de mon fils. Aujourd'hui, je viens
85 publiquement en porter témoignage. Que tous ici sachent que nous sommes amis et que nous le demeurerons ! Et en signe de cette durable amitié, et afin de montrer ma reconnaissance pour les bons procédés dont toujours ton père et ton grandpère ont usé à mon égard et à l'égard des miens, je te fais don
90 d'un bœuf à l'occasion de ta circoncision !

| **8.** Désirée ardemment. | **9.** Personnage important.

Tous, nous l'acclamions ; l'assistance entière l'acclamait. Beaucoup d'hommes d'âge, tous nos amis en vérité, s'avançaient ainsi pour annoncer les cadeaux qu'ils nous faisaient. Chacun offrait selon ses moyens et, la rivalité aidant, souvent 95 même un peu au-delà de ses moyens. Si ce n'était un bœuf, c'était un sac de riz, ou de mil[10], ou de maïs.

C'est que la fête, la très grande fête de la circoncision ne va pas sans un très grand repas et sans de nombreux invités, un si grand repas qu'il y en a pour des jours et des jours, en dépit 100 du nombre des invités, avant d'en voir le bout. Un tel repas est une dépense importante. Aussi quiconque est ami de la famille du futur circoncis, ou lié par la reconnaissance, met un point d'honneur à contribuer à la dépense, et il aide aussi bien celui qui a besoin d'aide que celui qui n'en a aucun besoin. 105 C'est pourquoi, à chaque circoncision, il y a cette soudaine abondance de biens, cette abondance de bonnes choses.

Mais nous réjouissions-nous beaucoup de cette abondance ? Nous ne nous en réjouissions pas sans arrière-pensée : l'épreuve qui nous attendait n'était pas de celles qui aiguisent l'appétit. 110 Non, la longueur de notre appétit ne serait pas bien importante quand, la circoncision faite, on nous convierait à prendre notre part du festin ; si nous ne le savions pas par expérience – si nous allions seulement en faire l'expérience ! –, nous savions très bien que les nouveaux circoncis font plutôt triste 115 mine.

Cette pensée nous ramenait brutalement à notre appréhension : nous acclamions le donateur, et du coup notre pensée revenait à l'épreuve qui nous attendait. Je l'ai dit : cette appréhension au milieu de l'excitation générale, et d'une excitation 120 à laquelle par nos danses répétées nous participions au premier chef[11], n'était pas le côté le moins paradoxal[12] de ces journées.

| **10.** Céréale à petits grains. | **11.** Au plus haut point. | **12.** Contradictoire.

Ne dansions-nous que pour oublier ce que nous redoutions ?
Je le croirais volontiers. Et à vrai dire, il y avait des moments
où nous finissions par oublier ; mais l'anxiété ne tardait pas
125 à renaître : il y avait constamment de nouvelles occasions de
lui redonner vie. Nos mères pouvaient multiplier les sacrifices
à notre intention, et elles n'y manquaient pas, aucune n'y
manquait, cela ne nous réconfortait qu'à demi.

L'une d'elles parfois, ou quelque autre parent très proche,
130 se mêlait à la danse et souvent, en dansant, brandissait l'in-
signe de notre condition ; c'était généralement une houe[13] – la
condition paysanne en Guinée est de loin la plus commune –
pour témoigner que le futur circoncis était bon cultivateur.

Il y eut ainsi un moment où je vis apparaître la seconde
135 épouse de mon père, un cahier et un stylo dans la main. J'avoue
que je n'y pris guère plaisir et n'en retirai aucun réconfort,
mais plutôt de la confusion[14], bien que je comprisse parfaitement que ma seconde mère ne faisait que sacrifier à la
coutume[15] et dans la meilleure intention de la terre, puisque
40 cahier et stylo étaient les insignes d'une occupation qui, à ses
yeux, passait celles du cultivateur ou de l'artisan.

Ma mère fut infiniment plus discrète : elle se contenta de
m'observer de loin, et même je remarquai qu'elle se dissimu-
lait dans la foule. Je suis sûr qu'elle était pour le moins aussi
45 inquiète que moi, encore qu'elle apportât tous ses soins à n'en
rien laisser paraître. Mais généralement l'effervescence[16] était
telle, je veux dire : si communicative, que nous demeurions
seuls avec le poids de notre inquiétude. […]

*Les futurs circoncis et toute la population de la ville vont
danser durant une semaine sur la grande place de Kouroussa.*

---

13. Pioche qui sert à remuer la terre.   **15.** Obéir à la coutume.
14. Embarras, honte.   **16.** Grande agitation.

Ce n'est que le dernier jour que commence le rite proprement dit. Seuls les futurs circoncis dansent alors, avant d'être conduits dans la brousse où l'opération a lieu.

S'ensuit une longue et pénible période de convalescence. Complètement isolés du monde, les nouveaux circoncis reçoivent un enseignement concernant la ligne de conduite à tenir durant toute la vie.

Enfin arrive l'heure de la guérison…

150   Quand je regagnai définitivement ma concession, toute la famille m'attendait. Mes parents me serrèrent fortement dans leurs bras, ma mère particulièrement comme si elle avait voulu secrètement affirmer que j'étais toujours son fils, que ma seconde naissance n'enlevait point ma qualité de fils. Mon père nous considéra un moment, puis il me dit comme à regret :

155   – Voici désormais ta case, mon petit.

La case faisait face à la case de ma mère.

– Oui, dit ma mère, à présent tu dormiras là ; mais, tu vois, je reste à portée de ta voix.

J'ouvris la porte de la case : sur le lit, mes vêtements étaient 160   étalés. Je m'approchai et les pris un à un, puis les reposai doucement ; c'étaient des vêtements d'homme ! Oui, la case faisait face à la case de ma mère, je restais à portée de la voix de ma mère, mais les vêtements, sur le lit, étaient des vêtements d'homme ! J'étais un homme !

165   – Es-tu satisfait de tes nouveaux vêtements ? demanda ma mère.

Satisfait ? Oui, j'étais satisfait : il allait de soi que je fusse satisfait. Enfin je crois bien que j'étais satisfait. C'étaient de beaux vêtements, c'étaient… Je me tournai vers ma mère : elle 170   me souriait tristement…

Repérer et analyser

La situation d'énonciation

1 « Nous dansions, je l'ai dit » (l. 35) ; « Ne dansions-nous que pour oublier ce que nous redoutions ? Je le croirais volontiers. » (l. 122-123) ; « Enfin je crois bien que j'étais satisfait. » (l. 168).

Classez les pronoms personnels « je » et « nous » selon qu'ils renvoient au moment de l'écriture ou au moment du souvenir.

Le souvenir évoqué

La cérémonie de la circoncision

2 Relevez l'indication temporelle qui amorce le récit du souvenir. Quel est le temps utilisé dans la suite de la phrase ? Précisez la valeur de ce temps.

3 **a.** Quelle est la danse des futurs circoncis ? À quel moment de la journée a-t-elle lieu ? Combien de jours dure-t-elle ?

b. Quel temps le narrateur utilise-t-il pour évoquer les souvenirs liés à cette danse ? Justifiez l'emploi de ce temps.

4 **a.** Quels vêtements les futurs circoncis portent-ils à cette occasion ?

b. Quel élément personnel s'ajoute à leur costume ? En quoi tranche-t-il avec le reste ?

5 La métonymie

> La métonymie est une figure de style qui consiste à remplacer un terme par un autre qui lui est logiquement associé. Elle peut, par exemple, désigner le contenu par le contenant (La salle applaudit) ; l'objet par la matière dont il est constitué (Ils ont croisé le fer) ; une partie pour le tout (Un troupeau de cent têtes).

a. Relisez les lignes 35 à 50. Quels procédés le narrateur utilise-t-il pour montrer l'élargissement progressif de la fête à tous les habitants de la ville ? Appuyez-vous sur la métonymie « la ville entière dansait » (l. 36) que vous expliquerez, sur le type de la phrase, sur l'anaphore (voir p. 10) des lignes 36-37, les répétitions et le lexique (les verbes notamment).

b. Quelle est l'atmosphère qui règne dans le village ? Appuyez-vous sur les champs lexicaux.

6 Quels sont les types de cadeaux qui sont faits aux futurs circoncis ? Qui sont les personnages qui font ces cadeaux, pour quelle raison les font-ils ?

7 Quel est l'autre moment de festivité qui ponctue ces journées (l. 97 à 106) ? Relevez les termes qui marquent l'abondance.

Le parcours initiatique : la cérémonie de passage

8 À quelle cérémonie le narrateur doit-il se soumettre pour passer de l'enfance à l'âge adulte ?

9 **a.** Quelle est la principale préoccupation du narrateur et de ses compagnons durant la danse du « soli » ?

b. Quelle est la signification de cette danse et notamment de la présence du foulard ? Pour répondre, expliquez le passage : « il y a là une sorte de manifestation publique d'une amitié [...] que la cérémonie en cours va peut-être rompre à jamais ou, le cas échéant, transformer en quelque chose de moins innocent et de plus durable. » (l. 62 à 66).

10 Le paradoxe

> Le paradoxe est une proposition qui souligne une contradiction apparente.

« cette appréhension au milieu de l'excitation générale [...] n'était pas le côté le moins paradoxal de ces journées. » (l. 118 à 121).

En quoi les pensées du narrateur sont-elles en décalage avec l'atmosphère ambiante ? Relevez les termes qui s'opposent et qui mettent en évidence le paradoxe.

11 **a.** La seconde épouse du père du narrateur apparaît à ses yeux tenant « un cahier et un stylo dans la main » (l. 135). Quelle est la signification de ce geste vis-à-vis du parcours du narrateur ?

b. L'euphémisme

> L'euphémisme est une figure de style qui consiste à atténuer une expression pour en adoucir la portée. Ex : « Ce n'est pas très bon » pour dire « C'est mauvais ».

12 **a.** « J'avoue que je n'y pris guère plaisir » (l. 135-136). Expliquez en quoi cette expression est un euphémisme. Que signifie-t-elle ?

b. Expliquez l'attitude du narrateur devant le geste de sa seconde mère. Que craint-il ?

13 **a.** Relisez les lignes 149 à 170. Par quels signes concrets se marque le changement d'état de l'initié ?
b. Comment l'enfant accueille-t-il ces modifications ? Expliquez sa réaction.

Le regard du narrateur adulte

14 Montrez à partir de quelques exemples que le narrateur introduit de nombreux commentaires dans le récit. Quelles différentes explications et informations fournit-il notamment concernant :
a. la couleur du boubou, la signification du bonnet et du foulard ?
b. la participation au repas de fête ?
c. le symbole de la houe ?
15 Relisez les lignes 116 à 128. Quelle analyse le narrateur adulte fait-il de son état intérieur ? Comment justifie-t-il la frénésie de la danse ?
16 Quels sentiments le narrateur perçoit-il :
a. chez son père au moment où il rentre de convalescence (« Mon père […] me dit comme à regret », l. 153-154) ?
b. chez sa mère : durant la fête ; à son retour ?

Le témoignage sur l'Afrique

17 Relevez les phrases qui expliquent ce que représente la circoncision pour le narrateur et ses compagnons, pour les habitants de la ville, pour les parents du narrateur.
18 Quelles informations ce texte fournit-il sur les traditions du peuple africain ?

La visée

19 En quoi l'épreuve de la circoncision constitue-t-elle une étape décisive dans le parcours du narrateur ?
20 Quel(s) sentiment(s) le narrateur cherche-t-il à susciter chez le lecteur à travers ce passage ?

Écrire

Écrire quelques répliques

21 « nous tendions l'oreille pour surprendre ce qu'on disait de nous, et de notre amie » (l. 70-71). Imaginez quelques répliques prononcées par les spectateurs et que le narrateur aurait pu entendre.

Décrire une ambiance

22 « la très grande fête de la circoncision ne va pas sans un très grand repas et sans de nombreux invités » (l. 97-98). Décrivez un repas de fête auquel vous avez assisté.

Décrire le mouvement et les bruits

23 Décrivez en quelques lignes une fête de village ou de quartier (ou une fête chez un ami) en insistant sur les détails qui évoquent le mouvement et les bruits.

Évoquer un souvenir

24 À l'occasion d'un voyage (classe de mer, séjour de ski, vacances entre amis, colonie de vacances…) vous êtes resté(e), vous aussi, éloigné(e) de votre famille. Racontez votre retour et évoquez vos sentiments lors des retrouvailles.

Débattre

L'âge adulte

25 Aimeriez-vous être déjà adulte ? Pourquoi ? À quel moment pensez-vous que vous le deviendrez (âge, circonstance, événement…) ?

Extrait 9

« Dans le brouhaha du départ... »

Le narrateur a quinze ans maintenant. Il doit quitter Kouroussa pour poursuivre ses études au Collège technique de Conakry, à six cents kilomètres de chez lui. Le moment des adieux est venu, difficile pour tout le monde.

Dans le brouhaha du départ, il me sembla que je ne voyais que mes frères : ils étaient ici, ils étaient là, et comme éperdus[1], mais se faufilant néanmoins chaque fois au premier rang ; et mes regards inlassablement les cherchaient, inlassablement
5 revenaient sur eux. Les aimais-je donc tant ? Je ne sais pas. Il m'arrivait souvent de les négliger : quand je partais pour l'école, les plus petits dormaient encore ou bien on les baignait, et quand je rentrais de l'école, je n'avais pas toujours grand temps à leur donner ; mais maintenant je ne regardais qu'eux. Était-
10 ce leur chaleur qui imprégnait encore mes mains et me rappelait que mon père, tout à l'heure, m'avait pris la main ? Oui, peut-être ; peut-être cette dernière chaleur qui était celle de la case natale.

On me passa mes bagages par la fenêtre, et je les éparpillai
15 autour de moi ; ma sœur sans doute me dit une dernière recommandation aussi vaine[2] que les précédentes ; et chacun certainement eut une parole gentille, Fanta[3] sûrement aussi, Sidafa[4] aussi ; mais dans cet envolement de mains et d'écharpes qui salua le départ du train, je ne vis vraiment que mes frères qui
20 couraient le long du quai, le long du train, en me criant adieu.

---

1. Affolés.   **3.** Amie de la sœur du narrateur.
2. Inutile.   **4.** Le plus jeune des apprentis du père du narrateur (voir extrait 3, p. 24).

Là où le quai finit, ma sœur et Fanta les rejoignirent. Je regardai mes frères agiter leur béret, ma sœur et Fanta agiter leur foulard, et puis soudain je les perdis de vue ; je les perdis de vue bien avant que l'éloignement du train m'y eût contraint :

25 mais c'est qu'une brume soudain les enveloppa, c'est que les larmes brouillèrent ma vue… Longtemps je demeurai dans mon coin de compartiment, comme prostré[5], mes bagages répandus autour de moi, avec cette dernière vision dans les yeux : mes jeunes frères, ma sœur, Fanta…

30 Vers midi, le train atteignit Dabola. J'avais finalement rangé mes bagages et je les avais comptés ; et je commençais à reprendre un peu intérêt aux choses et aux gens. J'entendis parler le peul[6] : Dabola est à l'entrée du pays peul. La grande plaine où j'avais vécu jusque-là, cette plaine si riche, si pauvre

35 aussi, si avare parfois avec son sol brûlé, mais d'un visage si familier, si amical, cédait la place aux premières pentes du Fouta-Djallon.

Le train repartit vers Mamou, et bientôt les hautes falaises du massif apparurent. Elles barraient l'horizon, et le train

40 partait à leur conquête ; mais c'était une conquête très lente, presque désespérée, si lente et si désespérée qu'il arrivait que le train dépassât à peine le pas d'homme. Ce pays nouveau pour moi, trop nouveau pour moi, trop tourmenté, me déconcertait[7] plus qu'il ne m'enchantait ; sa beauté m'échappait.

45 J'arrivai à Mamou un peu avant la fin du jour. Comme le train ne repart de cette ville que le lendemain, les voyageurs passent la nuit où cela se trouve, à l'hôtel ou chez des amis. Un ancien apprenti de mon père, averti de mon passage, me donna l'hospitalité pour la nuit. Cet apprenti se montra on ne

50 peut plus aimable en paroles ; en fait – mais peut-être ne se souvint-il pas de l'opposition des climats – il me logea dans

---

| **5.** Abattu. | **6.** Un des dialectes parlés en Guinée. | **7.** Désorientait, troublait.

une case obscure, juchée sur une colline, où j'eus tout loisir – plus de loisir que j'en souhaitais ! – d'éprouver les nuits froides et l'air sec du Fouta-Djallon. La montagne décidément ne
55 me disait rien !

Le lendemain, je repris le train, et un revirement se fit en moi : était-ce l'accoutumance[8] déjà ? je ne sais ; mais mon opinion sur la montagne se modifia brusquement et à telle enseigne que[9], de Mamou à Kindia, je ne quittai pas la fenêtre
60 une seconde. Je regardais, et cette fois avec ravissement, se succéder cimes et précipices, torrents et chutes d'eau, pentes boisées et vallées profondes. L'eau jaillissait partout, donnait vie à tout. Le spectacle était admirable, un peu terrifiant aussi quand le train s'approchait par trop des précipices. Et parce
65 que l'air était d'une extraordinaire pureté, tout se voyait dans le moindre détail. C'était une terre heureuse ou qui paraissait heureuse. D'innombrables troupeaux paissaient, et les bergers nous saluaient au passage.

À l'arrêt de Kindia, je cessai d'entendre parler le peul : on
70 parlait le soussou, qui est le dialecte qu'on parle également à Conakry. Je prêtai l'oreille un moment, mais presque tout m'échappa, des paroles qu'on échangeait.

Nous descendions à présent vers la côte et vers Conakry, et le train roulait, roulait ; autant il s'était essoufflé à escalader
75 le massif, autant il le dévalait joyeusement. Mais le paysage n'était plus le même qu'entre Mamou et Kindia, le pittoresque[10] n'était plus le même : c'était ici une terre moins mouvementée, moins âpre[11] et déjà domestiquée, où de grandes étendues symétriquement plantées de bananiers et
80 de palmiers se suivaient avec monotonie. La chaleur aussi était lourde, et toujours plus lourde à mesure que nous nous rapprochions des terres basses et de la côte, et qu'elle gagnait

---

8. Adaptation.
9. La preuve en est que.
10. Le charme.
11. Rude.

en humidité ; et l'air naturellement avait beaucoup perdu de sa transparence.

85 À la nuit tombée, la presqu'île de Conakry se découvrit, vivement illuminée. Je l'aperçus de loin comme une grande fleur claire posée sur les flots ; sa tige la retenait au rivage. L'eau à l'entour luisait doucement, luisait comme le ciel ; mais le ciel n'a pas ce frémissement[12] ! Presque tout de suite, la fleur se mit

90 à grandir, et l'eau recula, l'eau un moment encore se maintint des deux côtés de la tige, puis disparut. Nous nous rapprochions maintenant rapidement. Quand nous fûmes dans la lumière même de la presqu'île et au cœur de la fleur, le train s'arrêta.

Un homme de haute taille et qui imposait[13], vint au-devant

95 de moi. Je ne l'avais jamais vu – ou, si je l'avais vu, c'était dans un âge trop tendre pour m'en souvenir –, mais à la manière dont il me dévisageait, je devinai qu'il était le frère de mon père.

– Êtes-vous mon oncle Mamadou ? dis-je.

– Oui, dit-il, et toi, tu es mon neveu Laye. Je t'ai aussitôt

100 reconnu : tu es le vivant portrait de ta mère ! Vraiment, je n'aurais pas pu ne pas te reconnaître. Et, dis-moi comment va-t-elle, ta mère ? Et comment va ton père ?… Mais viens ! nous aurons tout loisir de parler de cela. Ce qui compte pour l'instant, c'est que tu dînes et puis que tu te reposes. Alors suis-

105 moi, et tu trouveras ton dîner prêt et ta chambre préparée.

Cette nuit fut la première que je passai dans une maison européenne. Était-ce le manque d'habitude, était-ce la chaleur humide de la ville ou la fatigue de deux journées de train, je dormis mal. C'était pourtant une maison très confortable que

110 celle de mon oncle, et la chambre où je dormis était très suffisamment vaste, le lit assurément moelleux, plus moelleux qu'aucun de ceux sur lesquels je m'étais jusque-là étendu ; au surplus j'avais été très amicalement accueilli, accueilli comme

| **12.** Léger tremblement. | **13.** Inspirait le respect, l'admiration.

un fils pourrait l'être ; il n'empêche : je regrettais Kouroussa,
115 je regrettais ma case ! Ma pensée demeurait toute tournée vers
Kouroussa : je revoyais ma mère, mon père, je revoyais mes
frères et mes sœurs, je revoyais mes amis. J'étais à Conakry et
je n'étais pas tout à fait à Conakry : j'étais toujours à Kouroussa ;
et je n'étais plus à Kouroussa ! J'étais ici et j'étais là ; j'étais
120 déchiré. Et je me sentais très seul, en dépit de l'accueil affec-
tueux que j'avais reçu.

Le port de Conakry, Guinée.

Questions

Repérer et analyser

L'auteur, le narrateur, le personnage

1 Quel est le prénom du personnage narrateur ? Qu'en déduisez-vous sur l'authenticité du témoignage délivré à travers ce roman ?

Le parcours initiatique : le départ

La scène des adieux

2 Qui sont les personnages qui accompagnent le départ du narrateur ?

3 Quelle est la dernière vision du narrateur au moment où le train quitte la gare ?

4 Quelle analyse le narrateur adulte fait-il des sentiments qu'il a éprouvés au moment du départ à l'égard de sa famille ?

Le trajet et la durée

5 Rappelez quelle est la ville de départ. Quelle est la ville d'arrivée ? Combien de kilomètres séparent les deux villes ? Aidez-vous du hors-texte.

6 Relevez les différents noms de lieux cités par le narrateur, puis retracez l'itinéraire suivi par le train durant le voyage.

7 Quelle a été, environ, la durée du voyage entre Kouroussa et Conakry ? Appuyez-vous sur les indications de temps structurant le récit.

L'hospitalité

8 a. De quelle façon le narrateur a-t-il été accueilli par l'ancien apprenti à Mamou ?
b. L'ironie

> L'ironie est le procédé qui consiste à exprimer le contraire de ce que l'on pense, mais en faisant comprendre au destinataire qu'en réalité on pense exactement l'opposé de ce que l'on a exprimé.

En quoi le narrateur se montre-t-il ironique lorsqu'il évoque la nuit passée à Mamou ?

9 a. Quel est le personnage qui accueille le narrateur à Conakry ?
b. À quels détails les deux personnages se reconnaissent-ils à la gare ?

10 **a.** Où le narrateur dort-il pour la première fois ?

b. Quel paradoxe (voir la leçon, p. 84) existe-t-il entre la qualité de l'accueil reçu chez l'oncle Mamadou et les sentiments éprouvés par Laye ?

L'état intérieur du narrateur

11 Retracez l'évolution des sentiments éprouvés par le narrateur au fil du voyage.

12 Relevez à la fin de l'extrait les expressions qui traduisent l'état intérieur du narrateur.

La description des lieux

Le point de vue

13 Montrez, en citant les verbes de perception visuelle et auditive, que le narrateur décrit ce qu'il voit et ce qu'il entend.

L'organisation de la description

Une description s'organise selon certaines règles.
On distingue :
– le mode **spatial** (mode fixe) : celui qui voit ne bouge pas. La description s'organise alors à l'aide d'indications spatiales et suit le mouvement du regard ;
– le mode **temporel** (mode mobile) : celui qui voit est en mouvement. La description s'effectue alors suivant la progression du personnage et s'organise à l'aide de verbes de mouvement et d'indications temporelles.

14 Montrez que l'ensemble de la description dans cet extrait est fait selon le mode mobile.

Pour répondre :

a. Rappelez où se trouve le narrateur : décrit-il d'un point fixe ou d'un point mobile ?

b. Relevez les verbes qui expriment les mouvements et les arrêts du train.

c. Relisez plus particulièrement les lignes 73 à 75. Relevez la répétition et identifiez la figure de style par laquelle le narrateur rend compte du mouvement du train. Quel est l'effet produit ?

d. Relevez des expressions précises qui montrent que le paysage défile sous les yeux du narrateur.

Les éléments décrits et les procédés pour décrire

15 Relevez les modifications subies par le paysage tout au long du trajet.

16 L'accumulation

L'accumulation consiste à présenter à la suite une série de termes ou d'expressions de même nature et/ou de même fonction grammaticale. Elle sert dans les descriptions à créer un effet d'intensité ou de profusion.

a. Retrouvez dans le passage évoquant le trajet de Mamou à Kindia l'accumulation par laquelle le narrateur décrit le paysage.

b. Quels mots sont associés deux à deux ?

c. Quelle impression se dégage du procédé utilisé ?

17 Comparaison, métaphore et métaphore filée

– La comparaison rapproche à l'aide d'un outil de comparaison deux éléments, le comparé (élément comparé) et le comparant (élément auquel on compare) afin d'en faire ressentir la ressemblance. Ex : La mer est comme un miroir.

– La métaphore est une comparaison abrégée qui ne comporte aucun outil de comparaison. Ex : La mer est un miroir.

– On dit qu'une métaphore est filée lorsqu'elle se prolonge sur plusieurs lignes.

a. Relevez et expliquez la comparaison et la métaphore par lesquelles le narrateur fait partager sa vision de Conakry et la progression du train à son arrivée en ville.

b. En quoi peut-on dire que la métaphore est filée ?

Le témoignage sur l'Afrique

18 Quelles informations le narrateur fournit-il concernant :

a. les voyages en train en Afrique à cette époque ?

b. la diversité du paysage en Guinée et les différences de climat ?

c. les différentes langues parlées dans le pays ?

d. les différences de modes de vie entre régions ?

La visée

19 En quoi cet extrait constitue-t-il un tournant dans le récit, c'est-à-dire, pour le narrateur, une rupture avec le passé ?

20 Quelle émotion le narrateur cherche-t-il à provoquer chez le lecteur ?

Étudier la langue

L'emploi du pronom indéfini « on »

« On » est la forme ancienne du mot « homme » employé comme sujet (du latin *homo* qui a donné *hom*, *om*, *on*). Le pronom « on » peut représenter :
– tout le monde. Ex : On a souvent besoin d'un plus petit que soi ;
– une ou plusieurs personne(s) dont on ne précise pas l'identité. Ex : Tiens, on sonne à la porte ;
– la deuxième personne du singulier ou du pluriel (ironique). Ex : Alors, on boude ?
– la première personne du pluriel. Ex : On était contents.
Le pronom « on » peut, selon les cas, inclure ou exclure l'énonciateur.

21 Qui le pronom « on » désigne-t-il dans : « On me passa mes bagages » (l. 14) ? Exclut-il ou inclut-il le narrateur ?

Écrire

Décrire un paysage
22 Vous effectuez un voyage en train. Vous noterez les différentes images fugitives aperçues de la fenêtre durant le trajet. Vous utiliserez une ou deux comparaison(s).

Changer de narrateur et de point de vue
23 Récrivez le départ de Laye selon le point de vue de sa sœur aînée qui deviendra la narratrice du récit.

Débattre

Les moyens de transport rapides
24 Les moyens de transport rapides favorisent-ils les voyages ou en détruisent-ils l'intérêt ? Donnez votre opinion sur ce sujet en prenant soin d'argumenter et d'illustrer votre propos par des exemples.

Extrait 10

« Je nouai amitié avec Marie. »

Laye fait son entrée à l'école d'apprentissage. Mais la pre-
mière semaine écoulée, il se plaint auprès de son oncle de
l'enseignement qu'il reçoit. L'oncle Mamadou lui promet une
réorganisation de son école.

Hélas, Laye tombe bientôt malade et doit être hospitalisé.
L'année scolaire s'achève, coïncidant avec sa guérison. Il repart
pour Kouroussa passer ses vacances en famille. Enfin arrive
la nouvelle rentrée...

Quand je revins à Conakry, en octobre, après les vacances,
la réorganisation dont mon oncle m'avait parlé battait son
plein : l'école était méconnaissable. De nouvelles salles avaient
été construites, un nouveau directeur avait été nommé, et
5 des professeurs vinrent de France. Je reçus bientôt un enseignement technique irréprochable et un enseignement général
très suffisamment approfondi. Je n'avais plus rien à envier
aux élèves du collège Camille Guy : je recevais en somme le
même enseignement qu'eux et, de surcroît, un enseignement
10 technique et pratique dont ils ne bénéficiaient pas. Les anciens
élèves avaient disparu ; le chemin de fer Conakry-Niger les
avait engagés en bloc. Et ainsi tout commença, tout recom-
mença à partir de nous, élèves de première année. Mon oncle
Mamadou ne s'était pas trompé et il ne m'avait pas leurré[1].
15 J'apprenais, je m'acharnais et j'eus mon nom, chaque trimestre,
au tableau d'honneur. Mon oncle exultait[2].

C'est cette année-là, cette première année-là puisque la
précédente ne comptait plus, que je nouai amitié avec Marie.

| **1.** Trompé. | **2.** Éprouvait une joie immense.

Quand il m'arrive de penser à cette amitié, et j'y pense
20 souvent, j'y rêve souvent – j'y rêve toujours ! –, il me semble
qu'il n'y eut rien, dans le cours de ces années, qui la surpassât,
rien, dans ces années d'exil[3], qui me tint le cœur plus chaud.
Et ce n'était pas, je l'ai dit, que je manquais d'affection : mes
tantes, mes oncles me portèrent alors une entière affection ;
25 mais j'étais dans cet âge où le cœur n'est satisfait qu'il n'ait
trouvé un objet à chérir et où il ne tolère de l'inventer qu'en
l'absence de toute contrainte, hormis la sienne, plus puissante,
plus impérieuse[4] que toutes. Mais n'est-on pas toujours un
peu dans cet âge, n'est-on pas toujours un peu dévoré par cette
30 fringale[5] ? Oui, a-t-on jamais le cœur vraiment paisible ?...

Marie était élève de l'école primaire supérieure des jeunes
filles. Son père, avant d'étudier la médecine et de s'établir à
Béla, avait été le compagnon d'études de mon oncle Mamadou,
et ils étaient demeurés fort liés, si bien que Marie passait tous
35 ses dimanches dans la famille de mon oncle, retrouvant là,
comme moi, la chaleur d'un foyer. Elle était métisse[6], très claire
de teint, presque blanche en vérité, et très belle, sûrement la
plus belle des jeunes filles de l'école primaire supérieure ; à
mes yeux, elle était belle comme une fée ! Elle était douce et
40 avenante[7], et de la plus admirable égalité d'humeur. Et puis
elle avait la chevelure exceptionnellement longue : ses nattes
lui tombaient jusqu'aux reins.

Le dimanche, elle arrivait tôt chez mon oncle ; plus tôt que
moi généralement, qui flânais dans les rues. Aussitôt arrivée,
45 elle faisait le tour de la maisonnée et saluait chacun ; après
quoi elle s'installait habituellement chez ma tante Awa[8] : elle
posait sa serviette, quittait son vêtement européen pour
endosser la tunique guinéenne qui laisse meilleure liberté aux

---

3. Éloignement.
4. Pressant, irrésistible.
5. Faim.

6. Issue de parents de couleur de peau différente.
7. Qui plaît, aimable.
8. Première épouse de l'oncle Mamadou.

mouvements, et aidait tante Awa au ménage. Mes tantes l'ai-
50 maient beaucoup, la mettaient sur le même pied que moi, mais
la taquinaient volontiers à mon sujet :

– Eh bien, Marie, disaient-elles, qu'as-tu fait de ton mari ?

– Je n'ai pas encore de mari, disait Marie.

– Vraiment ? disait tante N'Gady[9]. Je croyais que notre
55 neveu était ton mari.

– Mais je n'ai pas l'âge ! disait Marie.

– Et quand tu auras l'âge ? reprenait tante N'Gady.

Mais Marie alors se contentait de sourire.

– Sourire n'est pas répondre, disait tante Awa. Ne peux-tu
60 nous donner une réponse plus claire ?

– Je n'ai rien répondu, tante Awa !

– C'est bien ce que je te reproche ! Quand j'avais ton âge,
j'étais moins secrète.

– Suis-je secrète, tante ? Parle-moi de toi, quand tu avais
65 mon âge : jolie comme tu l'es, tu ensorcelais sûrement tout le
canton !

– Voyez-vous la futée ! s'écriait tante Awa. Je lui parle d'elle,
et elle me parle de moi ! Et non contente, elle me parle de mes
prétendus succès ! Est-ce que toutes les filles qui fréquentent
70 l'école primaire supérieure sont aussi rusées que toi ?

Mes tantes s'étaient très tôt aperçues de notre amitié et elles
y consentaient ; mais ce n'est pas assez dire : elles y poussaient !
Elles nous aimaient également et elles eussent voulu sans tenir
compte de notre jeunesse, que nous nous fiancions, mais elles
75 demandaient plus, infiniment plus que notre timidité ne
permettait.

Quand j'arrivais de l'école, moi aussi je commençais par
faire le tour de la maison, m'arrêtant un moment chez chacun pour dire bonjour et échanger quelques paroles, et

| **9.** Seconde épouse de l'oncle Mamadou.

80 m'attardant souvent chez mon oncle Mamadou, qui aimait
connaître par le détail ce que j'avais appris et contrôler ce que
j'avais fait. Aussi lorsque j'entrais chez tante Awa, celle-ci
m'accueillait-elle invariablement par ces paroles :

– Voici que tu as encore fait attendre Mme Camara n° 3 !

85 Mme Camara n° 3, c'était le nom qu'elle donnait à Marie ;
tante Awa était Mme Camara n° 1, et tante N'Gady portait
le n° 2. Je prenais la plaisanterie du meilleur côté et m'incli-
nais devant Marie.

– Bonjour madame Camara n° 3, disais-je.

90 – Bonjour, Laye, répondait-elle.

Et nous nous serrions la main. Mais tante Awa nous jugeait
trop peu expansifs[10] et elle soupirait.

– Quels lourdauds vous faites ! disait-elle. Ma parole, je n'ai
jamais rencontré de tels lourdauds !

95 Je m'esquivais[11] sans répondre : je n'avais pas l'esprit de
repartie[12] de Marie, et tante Awa m'eût rapidement embar-
rassé. Je recommençais mes visites, mes cousins sur les talons
ou accrochés où ça se trouvait, les plus petits dans mes bras ou
sur mes épaules. Je m'asseyais finalement là où cela me chan-
00 tait, dans le jardin le plus souvent, car la petite troupe qui m'en-
tourait était alors particulièrement bruyante, et je jouais avec
mes cousins, en attendant qu'on m'apportât à manger.

C'est que j'arrivais chaque fois le ventre creux, effroya-
blement creux, d'abord parce que j'avais naturellement bon
05 appétit et ensuite parce que je n'avais rien mangé encore depuis
le matin : un jour de sortie, c'eût été péché de toucher à la
tambouille[13] de l'école ; aussi je n'y touchais pas, jugeant qu'il
suffisait amplement des six autres jours de la semaine ! Mes
tantes qui, ces jours-là, soignaient spécialement leur cuisine,
0 eussent voulu que je partageasse le repas de Marie ; mais le

---

10. Démonstratifs, communicatifs.
11. M'échappais discrètement.
12. Réponse vive, amusante, cinglante.
13. Mauvaise cuisine.

pouvais-je ? Non, je ne me le serais pas permis, et je ne crois pas non plus que Marie le désirât : nous aurions certainement eu honte de manger l'un en face de l'autre. Telle était en vérité notre pudeur[14] – incompréhensible et presque offusquante[15]
115 aux yeux de mes tantes, mais que Marie et moi ne mettions même pas en discussion – et tel notre respect des règles. Nous ne commencions à penser à nous rejoindre, qu'après le repas.

C'était presque toujours chez mon oncle Sékou[16] que nous nous installions alors : sa chambre était la plus calme de la
120 maison, non que mon oncle Sékou se privât de parler – j'ai dit qu'il avait de prodigieux moyens d'orateur ! –, mais n'étant pas marié, il sortait beaucoup ; et nous demeurions seuls !

Mon oncle nous laissait son phono[17] et ses disques, et Marie et moi dansions. Nous dansions avec infiniment de retenue[18],
125 mais il va de soi : ce n'est pas la coutume chez nous de s'enlacer ; on danse face à face, sans se toucher ; tout au plus se donne-t-on la main, et pas toujours. Dois-je ajouter que rien ne convenait mieux à notre timidité ? Il va de soi aussi. Mais eussions-nous dansé[19] si la coutume avait été de s'enlacer ? Je
130 ne sais trop. Il me semble que nous nous fussions abstenus, et bien que nous eussions, comme tous les Africains, la danse dans le sang.

Et puis nous ne faisions pas que danser : Marie tirait ses cahiers de son cartable et réclamait mon aide. C'était l'occa-
135 sion – ma meilleure occasion, croyais-je ! – de manifester mes talents, et je n'y manquais point, j'expliquais tout, je ne passais pas un détail.

– Tu vois, disais-je, tu cherches d'abord le quotient de… Marie ! est-ce que tu m'écoutes ?

---

14. Discrétion, réserve.
15. Choquante.
16. Le plus jeune des oncles paternels de Laye.
17. Diminutif de phonographe, ancien appareil mécanique servant à écouter des disques.
18. Discrétion, réserve.
19. Aurions-nous dansé.

140 — Je t'écoute !

— Alors retiens bien : pour commencer tu cherches…

Mais Marie écoutait peu, très peu ; peut-être même n'écou-
tait-elle pas du tout ; il suffisait qu'elle vît la solution s'inscrire
sous le problème que, sans moi, elle eût renoncé à résoudre ;
145 le reste la préoccupait peu : les détails, les pourquoi, les
comment, le ton pédant[20] que sans doute je prenais, tout cela
glissait sur elle ; et elle demeurait les yeux vagues. À quoi
pouvait-elle bien rêver ? Je ne sais pas. Peut-être devrais-je
dire : je ne savais pas en ce temps-là. Si j'y songe aujourd'hui,
150 je me demande si ce n'était pas à notre amitié qu'elle rêvait ;
et je me trompe peut-être. Peut-être ! Mais je vois bien qu'il
faut ici m'expliquer.

Maire m'aimait, et je l'aimais, mais nous ne donnions pas
à notre sentiment le doux, le redoutable nom d'amour. Et peut-
155 être n'était-ce pas non plus exactement de l'amour, bien que
ce fût cela aussi. Qu'était-ce ? Au juste qu'était-ce ? C'était
assurément une grande chose, une noble chose : une mer-
veilleuse tendresse et un immense bonheur. Je veux dire un
bonheur sans mélange[21], un pur bonheur, ce bonheur-là même
160 que le désir ne trouble pas encore. Oui, le bonheur plus que
l'amour peut-être, et bien que le bonheur n'aille pas sans
l'amour, bien que je ne pusse tenir la main de Marie sans frémir,
bien que je ne pusse sentir ses cheveux m'effleurer sans secrètement m'émouvoir. En vérité, un bonheur et une chaleur !
165 Mais peut-être est-ce cela justement l'amour. Et certainement
c'était l'amour comme des enfants le ressentent ; et nous étions
encore des enfants ! Officiellement j'étais devenu un homme :
j'étais initié ; mais suffit-il ? Et même suffit-il de se comporter
en homme ? C'est l'âge seulement qui fait l'homme, et je n'avais
170 pas l'âge…

| **20.** Qui étale son savoir de manière prétentieuse. | **21.** Pur.

Repérer et analyser

La situation d'énonciation et le genre du texte

1 Pour la première fois, le narrateur mentionne le patronyme (le nom de famille) du personnage narrateur. Qui utilise ce patronyme ? À quelle occasion ?

2 Comparez le prénom (voir le chapitre précédent) et le nom de l'auteur, du narrateur, du personnage. Que pouvez-vous affirmer maintenant concernant le genre de texte auquel appartient *L'Enfant noir* ?

Le parcours initiatique : la découverte de l'amour

3 Quelles informations le narrateur fournit-il sur le personnage de Marie concernant sa famille, son activité, l'époque et le lieu de sa rencontre avec elle ?

4 **a.** Relevez les expressions qui traduisent la timidité et la réserve des deux personnages.
b. Quels indices montrent qu'ils sont attirés l'un par l'autre ?
c. Comment leur gêne se manifeste-t-elle lorsqu'ils se retrouvent enfin seuls ? À quelles différentes activités se livrent-ils alors ?

5 Quel est le rôle des tantes dans cette relation naissante ? Comment les deux personnages réagissent-ils face à leurs interventions ?

6 Où le narrateur en est-il de son parcours amoureux ? Appuyez-vous sur l'expression : « C'est l'âge seulement qui fait l'homme, et je n'avais pas l'âge… » (l. 169-170).

Le portrait de Marie

7 **a.** Délimitez les lignes présentant le portrait physique de la jeune fille. Quels sont les éléments de son physique retenus pour élaborer ce portrait ? Quelles sont ses principales qualités morales ?
b. Identifiez la progression thématique (voir p. 41) adoptée par le narrateur pour l'écriture de ce portrait. Quel intérêt ce choix présente-t-il ?

c. Quelle image le narrateur donne-t-il de Marie? Appuyez-vous notamment sur le lexique, sur le recours à une comparaison, sur la répétition d'un adjectif précis, sur les formes superlatives (très, le plus…).

d. En quoi ce portrait laisse-t-il transparaître les sentiments qu'éprouve le narrateur pour Marie?

Le regard du narrateur adulte

8 Relisez les lignes 19 à 30. Quelle différence le narrateur fait-il entre l'affection dont il est l'objet de la part de sa famille et celle qu'il éprouve pour Marie?

9 a. Quel jugement et quelles explications le narrateur adulte formule-t-il sur sa relation de jeunesse avec Marie?

b. Montrez en même temps qu'il éprouve des difficultés à définir cette relation. Vous vous appuierez sur des indices textuels: types de phrases, emploi de modalisateurs (voir p. 49), répétitions…

Le témoignage sur l'Afrique

10 Par quels détails discrets le colonialisme est-il suggéré dans le texte (appuyez-vous sur le début de l'extrait)?

11 Quelles informations le narrateur fournit-il concernant l'école, la vie familiale dans une grande ville, les coutumes africaines?

La visée

12 En quoi le souvenir rapporté dans cet extrait correspond-il à une nouvelle étape dans le parcours du narrateur?

Étudier la langue

Autour du mot « polygamie »

13 L'oncle Mamadou (comme le père de Laye) est musulman. Il a pu épouser plusieurs femmes. C'est donc un polygame. Le mot « polygame » vient du grec *polus* (nombreux) et *gamos* (mariage).

a. Comment nommeriez-vous quelqu'un qui est marié avec une seule femme? avec deux femmes?

b. Quels autres mots connaissez-vous commençant par l'élément « poly » ? Donnez leur définition puis employez-les dans des phrases qui mettront leur sens en valeur.

Écrire

Composer un portrait
14 À votre tour, composez en quelques lignes le portrait physique et moral d'une personne que vous aimez ou que vous appréciez. Dites quels sont vos sentiments lorsque vous êtes avec cette personne. Choisissez une progression thématique, utilisez un lexique approprié, une comparaison, des formes superlatives.

Rédiger une page de journal intime
15 « À quoi pouvait-elle bien rêver ? » (l. 147-148). Imaginez que le soir, Marie écrive dans son journal intime ses sentiments, ses pensées à l'égard de Laye.

Débattre

Le thème de l'amour
16 Dans ce texte, le narrateur tente de définir l'amour entre adolescents. Exprimez-vous à ce propos. Pensez-vous que sa définition soit toujours d'actualité ? Quelles corrections aimeriez-vous y apporter ?

« Je revenais passer mes vacances à Kouroussa... »

Le narrateur a réussi brillamment son examen professionnel.
Après trois ans d'absence, il revient à Kouroussa.

Chaque fois que je revenais passer mes vacances à Kouroussa, je trouvais ma case fraîchement repeinte à l'argile blanche, et ma mère impatiente de me faire admirer les améliorations que d'année en année elle y apportait.

5   Au début, ma case avait été une case comme toutes les autres. Et puis, petit à petit, elle avait revêtu un aspect qui la rapprochait de l'Europe. Je dis bien « qui la rapprochait » et je vois bien que ce rapprochement demeurait lointain, mais je n'y étais pas moins sensible, et non pas tellement pour le supplé-
10 ment de confort que j'y trouvais, que pour la preuve immédiate, immédiatement tangible[1], de l'immense amour que ma mère me portait. Oui, je passais à Conakry la majeure partie de l'année mais je ne demeurais pas moins son préféré : je le voyais ; et je n'avais pas besoin de le voir : je le savais ! Mais
15 je le voyais de surcroît.

– Eh bien, qu'en dis-tu ? disait ma mère.

– C'est magnifique ! disais-je.

Et je l'étreignais fortement ; ma mère n'en demandait pas plus. Mais de fait c'était magnifique, et je me doutais bien de
20 l'ingéniosité que ma mère avait dépensée, de la peine qu'elle s'était donnée, pour inventer – en partant des matériaux les plus simples – ces modestes équivalents des habiletés mécaniques de l'Europe.

| **1.** Concrète.

La pièce principale, celle qui d'emblée tirait l'œil, c'était le
25   divan-lit. D'abord, cela avait été, comme pour la case, un lit
pareil à tous les lits de la Haute-Guinée : un lit maçonné, fait de
briques séchées. Puis les briques du milieu avaient disparu, ne
laissant subsister que deux supports, un à la tête et un au pied ;
et un assemblage de planches avait remplacé les briques enle-
30   vées. Sur ce châlit[2] improvisé, mais qui ne manquait pas d'élas-
ticité, ma mère avait finalement posé un matelas rembourré
de paille de riz. Tel quel, c'était à présent un lit confortable et
assez vaste pour qu'on s'y étendît à trois, sinon à quatre.

Mais quelque vaste qu'il fût, à peine mon divant-lit suffi-
35   sait-il à recevoir tous les amis, les innombrables amis et aussi
les innombrables amies qui, à la soirée ou certains soirs tout
au moins, me faisaient visite. Le divan étant le seul siège que
je pouvais offrir, on s'y entassait comme on pouvait, chacun
se creusant sa place, et les derniers arrivés s'insérant dans les
40   dernières failles. Je ne me souviens plus comment, ainsi enca-
qués[3], nous trouvions malgré tout le moyen de gratter de la
guitare, ni comment nos amies gonflaient leurs poumons pour
chanter, mais le fait est que nous jouions de la guitare et que
nous chantions, et qu'on pouvait nous entendre de loin.

45   Je ne sais si ma mère goûtait[4] beaucoup ces réunions ; je croirais plutôt qu'elle les goûtait peu, mais qu'elle les tolérait, se
disant qu'à ce prix tout au moins je ne quittais pas la concession pour courir Dieu sait où. Mon père, lui, trouvait nos
réunions fort naturelles. Comme je ne le voyais guère dans la
50   journée, occupé que j'étais à aller chez l'un, à aller chez l'autre,
quand je n'étais pas au loin en excursion, il venait frapper à
ma porte. Je criais : « Entrez ! » et il entrait, disait bonsoir à
chacun et me demandait comment j'avais passé la journée.

---

2. Bois de lit ou armature en fer d'un lit.
3. Entassés dans un petit espace.
4. Appréciait.

Il disait quelques mots encore, puis se retirait. Il comprenait
55 que si sa présence nous était agréable – et elle l'était réellement –, elle était en même temps fort intimidante pour une
assemblée aussi jeune, aussi turbulente que la nôtre.

Il n'en allait pas du tout de même pour ma mère. Sa case
était proche de la mienne, et les portes se regardaient ; ma mère
60 n'avait qu'un pas à faire et elle était chez moi ; ce pas, elle le
faisait sans donner l'éveil et, parvenue à ma porte, elle ne frappait pas : elle entrait ! Brusquement elle était devant nous, sans
qu'on eût seulement entendu grincer la porte, à examiner
chacun avant de saluer personne.

65 Oh ! ce n'étaient pas les visages de mes amis qui retenaient
son regard : les amis, cela me regardait ; c'était sans importance.
Non, c'étaient uniquement mes amies que ma mère dévisageait, et elle avait tôt fait de repérer les visages qui ne lui plai-
saient pas ! J'avoue que, dans le nombre, il y avait parfois des
70 jeunes filles aux allures un peu libres, à la réputation un peu
entamée. Mais pouvais-je les renvoyer ? Et puis le désirais-je ?
Si elles étaient un peu plus délurées[5] qu'il n'était nécessaire,
elles étaient généralement les plus divertissantes. Mais ma mère
en jugeait autrement et elle n'y allait pas par quatre chemins :
75 – Toi, disait-elle, que fais-tu ici ? Ta place n'est pas chez mon
fils. Rentre chez toi ! Si je t'aperçois encore, j'en toucherai un
mot à ta mère. Te voilà avertie !

Si alors la jeune fille ne déguerpissait pas assez vite à son gré
– ou si elle n'arrivait pas à se dégager assez vite de l'entassement
80 du divan –, ma mère la soulevait par le bras et lui ouvrait la porte.

– Va ! disait-elle ; va ! Rentre chez toi !

Et avec les mains elle faisait le simulacre[6] de disperser une
volaille trop audacieuse. Après quoi seulement, elle disait
bonsoir à chacun.

| **5.** Provocantes. | **6.** Elle faisait semblant.

85   Je n'aimais pas beaucoup cela, je ne l'aimais même pas du tout : le bruit de ces algarades[7] se répandait ; et quand j'invitais une amie à me faire visite, je recevais trop souvent pour réponse :

– Et si ta mère m'aperçoit ?

90   – Eh bien, elle ne te mangera pas !

– Non, mais elle se mettra à crier et elle me mettra à la porte !

Et j'étais là, devant la jeune fille, à me demander : « Est-il vrai que ma mère la mettrait à la porte ? Y a-t-il des motifs pour qu'elle la mette vraiment à la porte ? » Et je ne savais pas

95   toujours : je vivais à Conakry la plus grande partie de l'année et je ne savais pas dans le détail ce qui défrayait la chronique[8] de Kouroussa. Je ne pouvais pourtant pas dire à la jeune fille : « As-tu eu des aventures qui ont fait du bruit ? Et si tu en as eu, crois-tu que la rumeur en soit parvenue à ma mère ? » Et

100   je m'irritais.

J'avais le sang plus chaud, avec l'âge, et je n'avais pas que des amitiés – ou des amours – timides ; je n'avais pas que Marie ou que Fanta, encore que j'eusse d'abord Marie et d'abord Fanta. Mais Marie était en vacances à Béla, chez son père ; et

105   Fanta était mon amie en titre : je la respectais ; et quand bien même j'eusse voulu passer outre[9], et je ne le voulais pas, l'usage m'eût ordonné de la respecter. Le reste… Le reste était sans lendemain, mais ce reste néanmoins existait. Est-ce que ma mère ne pouvait pas comprendre que j'avais le sang plus

110   chaud ?

Mais elle ne le comprenait que trop ! Souvent elle se relevait en pleine nuit et venait s'assurer que j'étais bien seul. Elle faisait généralement sa ronde vers minuit : elle frottait une allumette et elle éclairait mon divan-lit. Quand il m'arrivait d'être encore

---

7. Querelles, scènes.
8. Quels étaient les bruits qui couraient.
9. Ne pas tenir compte de cela.

115 éveillé, je feignais de dormir ; puis, comme si la lueur de l'allumette m'eût gêné, je simulais une sorte de réveil en sursaut.

– Qu'est-ce qui se passe ? disais-je.

– Tu dors ? demandait ma mère.

– Oui, je dormais. Pourquoi me réveilles-tu ?

120 – Bon ! rendors-toi !

– Mais comment veux-tu que je dorme si tu viens m'éveiller ?

– Ne t'énerve pas, disait-elle ; dors !

Mais d'être tenu si court ne m'allait que tout juste, et je m'en
plaignais à Kouyaté et à Check Omar[10], qui étaient alors mes
125 confidents.

*Durant ses vacances, le nar-
rateur quitte rarement ses
deux anciens camarades de
classe : Kouyaté et Check.
Hélas, lors de son dernier
séjour, il apprend que ce
dernier est souffrant. Témoins
de la longue et inexplicable
maladie de Check, Kouyaté et
Laye assistent, impuissants, à
sa lente agonie et font la
douloureuse expérience de la
perte d'un ami cher...*

Brousse, Sérédou en Guinée.

| **10.** Autre ami d'enfance de Laye.

Repérer et analyser

Le parcours initiatique : l'émancipation familiale

Les amitiés

1 Dans quelle case le narrateur loge-t-il (voir fin de l'extrait 8) ?

2 **a.** Quelles sont ses occupations notamment durant les soirées ? Relevez dans les lignes 40 à 44 les notations de bruit.

b. Quelle différence le narrateur voit-il entre Fanta, Marie et les autres jeunes filles ?

c. Quels personnages servent de confidents au narrateur ?

Les rapports avec la mère

3 Relisez les lignes 1 à 23. À quels signes le narrateur reconnaît-il « l'immense amour » que lui porte sa mère ?

4 **a.** Relevez les différents éléments qui indiquent que les liens avec sa mère se sont dégradés par la suite.

b. « elle ne frappait pas : elle entrait ! » (l. 61-62) ; « Est-ce que ma mère ne pouvait pas comprendre que j'avais le sang plus chaud ? Mais elle ne le comprenait que trop ! » (l. 108 à 111) : identifiez les types de phrases. Quel sentiment les types de phrases utilisés traduisent-ils ? À quoi le narrateur réagit-il exactement ?

5 Relisez le dialogue rapporté à la fin de l'extrait. Que symbolise-t-il dans les rapports mère/fils ? Analysez la pertinence des questions-réponses échangées par les deux interlocuteurs. Quel est l'intérêt d'avoir rapporté ces propos sous forme de dialogue ?

Les personnages

La mère

6 Pourquoi, à votre avis, la mère n'apprécie-t-elle pas les réunions entre ami(e)s organisées le soir par son fils ? Pourquoi les accepte-t-elle cependant ? Justifiez votre réponse.

7 **a.** Relevez les mots et expressions soulignant l'agressivité de la mère vis-à-vis de certaines jeunes filles. Distinguez ceux qui se réfèrent aux gestes et ceux qui se réfèrent à la parole.

b. Que leur reproche-t-elle ? Que redoute-t-elle pour son fils ?

Le père

8 Comparez l'attitude du père et de la mère lorsqu'ils rendent chacun visite à leur fils : en quoi sont-elles diamétralement opposées ? Pour quelle(s) raison(s) à votre avis ? Justifiez votre réponse.

La description d'un objet

La description d'un objet peut se faire selon l'ordre de la fabrication. Elle est jalonnée d'organisateurs spatiaux (à la base…) et temporels (d'abord, puis…). L'ordre de la description suit la logique du montage ou de la fabrication de l'objet.

9 Comment le mot « divan-lit » est-il mis en valeur dans la phrase servant d'introduction à la description ? Pour répondre, appuyez-vous sur la ponctuation, la place des mots, l'emploi du présentatif.

10 Relevez les mots et les expressions qui structurent la progression de la description : quels sont ceux qui l'organisent sur le plan spatial ? Ceux qui l'organisent sur le plan temporel ?

11 **a.** Relisez la phrase qui clôt le paragraphe descriptif (l. 32-33) et celle qui ouvre le paragraphe suivant. Comment le narrateur assure-t-il l'enchaînement entre les deux paragraphes ?
b. Que symbolise finalement la transformation du divan-lit dans le parcours du personnage ?

Le témoignage sur l'Afrique

12 **a.** Quelles informations le narrateur fournit-il concernant l'ameublement des cases en Guinée ?
b. Quelle a été l'influence de la colonisation dans l'évolution de cet aménagement ?

13 Quels éléments spécifiques à la société africaine régissent les relations garçons/filles décrites par le narrateur ?

La visée

14 **a.** En quoi le narrateur fait-il preuve, tout au long du texte, d'une volonté d'émancipation ?
b. Quelle réaction, selon vous, le narrateur cherche-t-il à susciter chez le lecteur ?

Étudier la langue

L'autocitation

On parle d'autocitation quand l'énonciateur cite son propre texte.

15 **a.** Recherchez une expression citée par le narrateur empruntée à son propre texte. Quel signe typographique utilise-t-il pour la présenter ? Quel verbe l'introduit ? Quel est son sujet ?
b. Dans quel but le narrateur utilise-t-il cette autocitation ?

Style direct, style indirect libre

16 **a.** « Mais pouvais-je les renvoyer ? Et puis le désirais-je ? Si elles étaient un peu plus délurées qu'il n'était nécessaire, elles étaient généralement les plus divertissantes. » (l. 71 à 73).
Transcrivez au style direct ces pensées rapportées au style indirect libre.
b. « Et j'étais là, devant la jeune fille, à me demander : "Est-il vrai que ma mère la mettrait à la porte ? Y a-t-il des motifs pour qu'elle la mette vraiment à la porte ?" » (l. 92 à 94).
Transcrivez au style indirect libre les pensées rapportées au style direct.
c. Quel intérêt présentent ces différents choix narratifs pour rapporter les pensées des personnages ?

Écrire

Écrire une lettre

17 Le narrateur écrit à Marie pour lui raconter ses vacances à Kouroussa et se plaindre du comportement de sa mère. Imaginez la réponse envoyée par la jeune fille.

Imaginer une suite

18 « Si alors la jeune fille ne déguerpissait pas assez vite à son gré [...], ma mère la soulevait par le bras et lui ouvrait la porte. » (l. 78 à 80). Imaginez qu'un jour une des invitées de Laye refuse de sortir et réclame à la mère des explications. Racontez la scène sans oublier d'y introduire un dialogue.

Faire le récit d'une expérience

19 Il vous est sûrement arrivé de recevoir, comme Laye, des ami(e)s à la maison sans demander la permission à vos parents. Comment ces derniers ont-ils réagi ? Racontez.

Débattre

Le rôle d'une mère

20 Que pensez-vous du comportement de madame Camara ? Quel devrait être, d'après vous, le rôle d'une mère auprès de son enfant adolescent ? Devrait-elle contrôler toutes ses activités ? Le laisser complètement libre ? Adopter une attitude intermédiaire ? Argumentez chaque fois votre opinion.

Lire et comparer

Xala, Ousmane Sembène

21 Le texte suivant présente une autre révolte. Il s'agit cette fois d'une adolescente qui vient s'opposer au troisième mariage de son père déjà bigame.

Dans quelle mesure cet extrait paraît-il plus violent que celui que nous venons d'étudier ? À quoi cette différence de ton est-elle due d'après vous (caractère des personnages, thème de la discussion, rapport fille/père…) ? Justifiez votre réponse.

El Hadji Abdou Kader Bèye a tout pour être heureux : ses affaires lui rapportent beaucoup d'argent, il est aimé par ses deux femmes et ses nombreux enfants, et respecté par tous les habitants de la ville. Hélas, trop faible, il se laisse manipuler par une famille pleine d'ambition qui parvient à le fiancer avec leur fille. Le jour de ses troisièmes noces arrive enfin, entraînant derrière lui son lot de désagréments…

« Dans le salon surchargé de meubles, la première épouse et ses deux premiers enfants attendaient. […]

D'une voix mesurée, le regard brillant avec intensité, Adja[1] Awa[2] Astou rompit le silence, répétant la même phrase :

– Avec ma co-épouse, nous devons être présentes à cette cérémonie. Votre père le veut. Puis…

– Mère, tu ne vas pas nous dire, ici, à Mactar[3] et moi, que tu es d'accord, que ce troisième mariage de père a lieu avec ton consentement !

Rama, la fille aînée, le visage levé, avec ses cheveux nattés courts, sentait le feu de la colère et l'objurgation[4] la dévaster.

– Tu es encore jeune. Ton jour viendra, s'il plaît à Yalla[5]. Tu comprendras.

– Mère, je ne suis pas une petite fille. J'ai vingt ans. Jamais je ne partagerai mon mari avec une autre femme. Plutôt divorcer…

Il y eut un trou de silence. […]

Rama, malgré son langage direct, ménageait leur mère. Cette fille avait grandi dans le tourbillon de la lutte pour l'indépendance, lorsque son père militait[6] avec ses compères pour la liberté de tous. Elle avait participé aux batailles des rues, aux affichages nocturnes. Membre des associations démocratiques[7], entrée à l'université, avec l'évolution, elle faisait partie du groupe de langue wolof[8]. Ce troisième mariage de son père l'avait surprise et déçue. […]

– Je n'irai pas à ce mariage.

– Moi si… Je dois y faire acte de présence. Sans quoi, on dira que je suis jalouse.

– Mère, cette femme de mon père, cette N'Goné[9] a mon âge. […] Tu ne vas là-bas que pour les gens, de peur qu'ils médisent sur toi.

– Ne parle pas ainsi ! l'interrompit la mère. Cette N'Goné a ton âge, c'est vrai ! c'est une victime…

---

1. Titre accordé à une musulmane ayant accompli le pèlerinage à La Mecque.
2. Titre de la première épouse du musulman ayant plusieurs femmes.
3. Fils de Adja Awa Astou, frère de Rama.
4. Violent reproche.
5. Ou « Allah », nom donné à Dieu par les musulmans.

6. Luttait.
7. Favorables au gouvernement par le peuple.
8. Ou « Ouolof », langue nationale du Sénégal.
9. La troisième femme qui doit épouser El Hadji Abdou Kader Bèye, le jour même.

Le gong[10] retentit de son timbre asiatique.

– C'est votre père…

El Hadji[11] Abdou Kader Bèye fit son apparition dans le salon, très alertement.

– Je vous salue, dit-il s'adressant aux deux adolescents. Tu es prête ? demanda-t-il à sa femme.

– Oui.

– Rama, et toi ?

– Je ne viens pas, père.

– Pourquoi donc ? […]

– Je suis contre ce mariage. Un polygame[12] n'est jamais un homme franc.

La gifle atteignit la joue droite de Rama. Elle chancela et tomba.

– Oses-tu dire que je suis fourbe ? hurlait le père.

Le père s'était de nouveau rué vers Rama. Prompt, le fils cadet, Mactar, s'interposa entre les deux.

– Ta révolution, tu la feras à l'université ou dans la rue, mais jamais chez moi.

– C'est pas chez toi, ici. Tu n'as rien, ici, répliqua Rama ; un filet de sang coulait du coin de sa bouche.

– Partons ! Allons-nous-en, El Hadji, disait la mère en entraînant l'homme vers la porte.

– Si tu avais bien élevé cette fille ! ponctuait El Hadji à l'adresse de sa femme.

– Tu as raison !… Pense qu'on t'attend. C'est ton jour de noce.

Lorsque les parents furent dehors, Mactar risqua :

– Le pater[13] est de plus en plus réac[14]… »

Ousmane Sembène, *Xala*,
Éd. Présence africaine, 1973.

---

10. Instrument de percussion composé d'un plateau de métal suspendu sur lequel on frappe avec une baguette à tampon.
11. Titre accordé à un musulman ayant accompli le pèlerinage à La Mecque.
12. Homme qui a en même temps plusieurs femmes.
13. Mot familier pour désigner le père.
14. Diminutif de réactionnaire, mot péjoratif désignant celui qui s'oppose à toute évolution politique et sociale.

Extrait 12

« Tu reviendras ? »

Laye vient de décrocher son certificat d'aptitude profes-
sionnelle. Le directeur de l'école lui propose d'aller, durant une
année, achever ses études en France. Le jeune homme, enthou-
siasmé, accepte sans réfléchir. Mais de retour à Kouroussa, il
faut annoncer la nouvelle aux parents. Si le père accueille avec
bienveillance cette idée, voyant là une chance à saisir pour son
fils, il n'en va pas de même pour la mère qui refuse catégori-
quement d'en discuter. Laye avoue alors à son père avoir déjà
accepté la proposition du directeur. Il lui demande de l'an-
noncer à sa place à sa mère. Le père refuse d'y aller seul : « Nous
ne serons pas trop de deux ! Tu peux m'en croire. »

Et nous fûmes trouver ma mère. Elle broyait le mil pour le
repas du soir. Mon père demeura un long moment à regarder
le pilon[1] tomber dans le mortier[2] : il ne savait trop par où
commencer ; il savait que la décision qu'il apportait ferait de
5 la peine à ma mère, et il avait, lui-même, le cœur lourd ; et il
était là à regarder le pilon sans rien dire ; et moi, je n'osais pas
lever les yeux. Mais ma mère ne fut pas longue à pressentir la
nouvelle : elle n'eut qu'à nous regarder et elle comprit tout
ou presque tout.
10 – Que me voulez-vous ? dit-elle. Vous voyez bien que je suis
occupée !
Et elle accéléra la cadence du pilon.
– Ne va pas si vite, dit mon père. Tu te fatigues.
– Tu ne vas pas m'apprendre à piler le mil ? dit-elle.
15 Et puis soudain elle reprit avec force :

---

1. Instrument long, lourd et à bout arrondi
qui sert à écraser des ingrédients.

2. Gros bol dans lequel on réduit
en poudre des ingrédients.

– Si c'est pour le départ du petit en France, inutile de m'en parler, c'est non !

– Justement, dit mon père. Tu parles sans savoir : tu ne sais pas ce qu'un tel départ représente pour lui.

20 – Je n'ai pas envie de le savoir ! dit-elle.

Et brusquement elle lâcha le pilon et fit un pas vers nous.

– N'aurai-je donc jamais la paix ? dit-elle. Hier, c'était une école à Conakry ; aujourd'hui, c'est une école en France ; demain… Mais que sera-ce demain ? C'est chaque jour une
25 lubie[3] nouvelle pour me priver de mon fils !… Ne te rappelles-tu déjà plus comme le petit a été malade à Conakry ? Mais toi, cela ne te suffit pas : il faut à présent que tu l'envoies en France ! Es-tu fou ? Ou veux-tu me faire devenir folle ? Mais sûrement je finirai par devenir folle !… Et toi, dit-elle en
30 s'adressant à moi, tu n'es qu'un ingrat ! Tous les prétextes te sont bons pour fuir ta mère ! Seulement, cette fois, cela ne va plus se passer comme tu l'imagines : tu resteras ici ! Ta place est ici !… Mais à quoi pensent-ils dans ton école ? Est-ce qu'ils se figurent que je vais vivre ma vie entière loin de mon fils ?
35 Mourir loin de mon fils ? Ils n'ont donc pas de mère, ces gens-là ? Mais naturellement ils n'en ont pas : ils ne seraient pas partis si loin de chez eux s'ils en avaient une !

Et elle tourna le regard vers le ciel, elle s'adressa au ciel :

– Tant d'années déjà, il y a tant d'années déjà qu'ils me l'ont
40 pris ! dit-elle. Et voici maintenant qu'ils veulent l'emmener chez eux !…

Et puis elle baissa le regard, de nouveau elle regarda mon père :

– Qui permettrait cela ? Tu n'as donc pas de cœur ?

5 – Femme ! femme ! dit mon père. Ne sais-tu pas que c'est pour son bien ?

| **3.** Idée un peu folle, caprice.

– Son bien ? Son bien est de rester près de moi ! N'est-il pas assez savant comme il est ?

– Mère… commençai-je.

50 Mais elle m'interrompit violemment :

– Toi, tais-toi ! Tu n'es encore qu'un gamin de rien du tout ! Que veux-tu aller faire si loin ? Sais-tu seulement comment on vit là-bas ?… Non, tu n'en sais rien ! Et, dis-moi, qui prendra soin de toi ? Qui réparera tes vêtements ? Qui te préparera
55 tes repas ?

– Voyons, dit mon père, sois raisonnable : les Blancs ne meurent pas de faim !

– Alors tu ne vois pas, pauvre insensé, tu n'as pas encore observé qu'ils ne mangent pas comme nous ? Cet enfant
60 tombera malade ; voilà ce qui arrivera ! Et moi alors, que ferai-je ? Que deviendrai-je ? Ah ! j'avais un fils, et voici que je n'ai plus de fils !

Je m'approchai d'elle, je la serrai contre moi.

– Éloigne-toi ! cria-t-elle. Tu n'es plus mon fils !

65 Mais elle ne me repoussait pas : elle pleurait et me serrait étroitement contre elle.

– Tu ne vas pas m'abandonner, n'est-ce pas ? Dis-moi que tu ne m'abandonneras pas ?

Mais à présent elle savait que je partirais et qu'elle ne pour-
70 rait pas empêcher mon départ, que rien ne pourrait l'empê-cher ; sans doute l'avait-elle compris dès que nous étions venus à elle : oui, elle avait dû voir cet engrenage qui, de l'école de Kouroussa, conduisait à Conakry et aboutissait à la France ; et durant tout le temps qu'elle avait parlé et qu'elle avait lutté,
75 elle avait dû regarder tourner l'engrenage : cette roue-ci et cette roue-là d'abord, et puis cette troisième, et puis d'autres roues encore, beaucoup d'autres roues peut-être que personne ne voyait. Et qu'eût-on fait pour empêcher cet engrenage de tourner ? On ne pouvait que le regarder tourner, regarder le

80 destin tourner : mon destin était que je parte ! Et elle dirigea
sa colère – mais déjà ce n'étaient que des lambeaux de colère
– contre ceux qui, dans son esprit, m'enlevaient à elle une fois
de plus :

– Ce sont des gens que rien jamais ne satisfait, dit-elle. Ils
85 veulent tout ! Ils ne peuvent pas voir une chose sans la vouloir.

– Tu ne dois pas les maudire, dis-je.

– Non, dit-elle amèrement, je ne les maudirai pas.

Et elle se trouva enfin à bout de colère ; elle renversa la tête
contre mon épaule et elle sanglota bruyamment. Mon père
90 s'était retiré. Et moi, je serrais ma mère contre moi, j'essuyais
ses larmes, je disais… que disais-je ? Tout et n'importe quoi,
mais c'était sans importance ; je ne crois pas que ma mère
comprît rien de ce que je disais ; le son seul de ma voix lui
parvenait, et il suffisait : ses sanglots petit à petit s'apaisaient,
95 s'espaçaient…

C'est ainsi que se décida mon voyage, c'est ainsi qu'un jour
je pris l'avion pour la France. Oh ! ce fut un affreux déchire-
ment ! Je n'aime pas m'en souvenir. J'entends encore ma mère
se lamenter, je vois mon père qui ne peut retenir ses larmes,
100 je vois mes sœurs, mes frères… Non, je n'aime pas me rappeler
ce que fut ce départ : je me trouvai comme arraché à moi-
même !

À Conakry, le directeur de l'école m'avertit que l'avion me
déposerait à Orly.

105 – D'Orly, dit-il, on vous conduira à Paris, à la gare des
Invalides ; là, vous prendrez le métro jusqu'à la gare Saint-
Lazare, où vous trouverez votre train pour Argenteuil.

Il déplia devant moi un plan de métro et me montra le chemin
que j'aurais à faire sous terre. Mais je ne comprenais rien à
110 ce plan, et l'idée même de métro me demeurait obscure.

– Est-ce bien compris ? me demanda le directeur.

– Oui, dis-je.

Et je ne comprenais toujours pas.

– Emportez le plan avec vous.

115   Je le glissai dans ma poche. Le directeur m'observa un moment.

– Vous n'avez rien de trop sur vous, dit-il.

Je portais des culottes de toile blanche et une chemisette à col ouvert, qui me laissait des bras nus ; aux pieds, j'avais des

120   chaussures découvertes et des chaussettes blanches.

– Il faudra vous vêtir plus chaudement là-bas : en cette saison, les journées sont déjà froides.

Je partis pour l'aéroport avec Marie et mes oncles ; Marie qui m'accompagnerait jusqu'à Dakar où elle allait poursuivre

125   ses études. Marie ! Je montai avec elle dans l'avion et je pleurais, nous pleurions tous. Puis l'hélice se mit à tourner, au loin mes oncles agitèrent la main une dernière fois, et la terre de Guinée commença à fuir, à fuir...

– Tu es content de partir ? me demanda Marie, quand l'avion

130   ne fut plus loin de Dakar.

– Je ne sais pas, dis-je. Je ne crois pas.

Et quand l'avion se posa à Dakar, Marie me dit :

– Tu reviendras ?

Elle avait le visage baigné de larmes.

135   – Oui, dis-je ; oui...

Et je fis encore oui de la tête, quand je me renfonçai dans mon fauteuil, tout au fond du fauteuil, parce que je ne voulais pas qu'on vît mes larmes. « Sûrement, je reviendrai ! » Je demeurai longtemps sans bouger, les bras croisés, étroitement

140   croisés pour mieux comprimer ma poitrine...

Plus tard, je sentis une épaisseur sous ma main : le plan du métro gonflait ma poche.

Repérer et analyser

Le parcours initiatique : le départ vers le monde occidental

La décision

1 **a.** Quelle décision le narrateur a-t-il prise ?

b. Montrez en citant le texte que, d'une certaine façon, il attribue sa décision au destin. Quelle métaphore (voir p. 94) utilise-t-il pour représenter le destin ?

Les adjuvants, les opposants

2 Relisez le dialogue lignes 10 à 68.

a. À qui la mère du narrateur s'adresse-t-elle successivement ?

b. Quels différents arguments utilise-t-elle pour s'opposer au départ de son fils ?

c. Montrez qu'elle mêle les plaintes, les craintes et les reproches.

d. Quels différents sentiments et émotions a-t-elle éprouvés durant cet échange ? Appuyez-vous sur les types de phrases qu'elle utilise et les points de suspension.

e. Comment, à la fin de l'échange, la défaite de la mère se manifeste-t-elle ?

3 **a.** Le narrateur a-t-il à s'opposer aussi à son père ? Comment ce dernier réagit-il à son départ ?

b. Quels arguments le père du narrateur tente-t-il d'opposer à ceux de son épouse ? Parvient-il à ses fins ?

4 Quel est le rôle du directeur dans l'accomplissement du destin du narrateur ? Quels différents conseils lui donne-t-il ?

Le rythme narratif

La scène

On parle de scène lorsque le temps du récit est relativement égal à celui de l'histoire. Le lecteur a alors l'illusion que la durée des événements racontés équivaut à celle qu'il met à lire le texte. La scène (qui marque un ralentissement) se présente souvent sous la forme d'un dialogue. Elle traduit un temps fort de l'action.

5 **a.** Quels différents passages du texte présentent une scène (longue ou courte) ? Justifiez le choix du narrateur.

b. Dans quels passages le narrateur procède-t-il à une accélération du rythme narratif (voir p. 39) ? Quel procédé utilise-t-il pour obtenir cet effet ?

c. En quoi les effets de ralentissement et d'accélération contribuent-ils à la dramatisation du récit ?

Le regard du narrateur adulte

6 **a.** Relisez les lignes 69 à 80. Comment le narrateur explique-t-il le cheminement de la pensée maternelle ?

b. Quels modalisateurs (voir p. 49) signalent dans le texte qu'il ne s'agit là que d'une hypothèse ?

7 Pourquoi, à votre avis, le narrateur décrit-il peu ses adieux avec sa famille et ses ami(e)s ? Relevez un passage, vers la fin du texte, qui explique en partie ce choix.

La fin du roman

Fin ouverte ou fermée

La fin d'une œuvre narrative peut être :
– ouverte : le destin du personnage est alors laissé en suspens et l'intrigue peut se poursuivre au-delà du texte ;
– fermée : il est alors mis un terme aux péripéties du personnage de façon heureuse ou malheureuse.

8 Comment comprenez-vous la dernière phrase du roman ? Que symbolise le plan du métro ?

9 Quelle image le narrateur donne-t-il, à la fin de son récit, de lui-même ? de ses aspirations ? de ses rejets ?

Le témoignage sur l'Afrique

10 À quelle activité s'adonne la mère au moment où son mari et son fils viennent la retrouver ?

11 Montrez que Laye est très mal préparé sur le plan vestimentaire pour son voyage vers la France. Comment expliquez-vous cela ?

La visée

12 **a.** En quoi le départ du narrateur marque-t-il la fin d'une adolescence africaine et provoque-t-il une déchirure sentimentale ?
b. Quelle nouvelle expérience annonce-t-il ?

13 Quels sentiments le narrateur cherche-t-il à créer chez le lecteur par la dernière page de son roman ?

Étudier la langue

La famille du mot « avion »

14 Le nom « avion » vient du latin *avis* qui signifie « oiseau ». Cherchez d'autres mots construits à partir du même radical, expliquez-les, puis employez-les dans des phrases qui mettront leur sens en valeur.

Les présentatifs « voici » et « voilà »

Les adverbes « voici » et « voilà » servent à présenter un être, une chose, une idée et à les mettre en valeur : dans le temps, « voici » s'emploie pour ce qui va suivre, « voilà » pour ce qui précède ; dans l'espace, « voici » s'emploie pour ce qui est proche, « voilà » pour ce qui est éloigné.

15 « voilà ce qui arrivera ! » (l. 60) ; « voici que je ne n'ai plus de fils ! » (l. 61-62) ; « Et voici maintenant qu'ils veulent l'emmener chez eux ! » (l. 40-41). Justifiez dans ces trois phrases l'emploi et la place de « voici » et « voilà ».

Écrire

Rédiger une lettre

16 Arrivé à Argenteuil, Laye écrit des lettres à ses parents et ses ami(e)s afin de leur raconter son voyage en avion et livrer ses premières impressions sur la France. Rédigez l'une d'entre elles. Vous choisirez le destinataire.

Imaginer le récit d'une expérience

17 À l'occasion d'un déménagement, d'un séjour à l'étranger, vous avez dû vous adapter à un nouveau milieu, une nouvelle vie. Racontez comment vous y êtes parvenu(e).

Imaginer une autre fin

18 À partir de « Tu ne vas pas m'abandonner, n'est-ce pas ? » (l. 67), imaginez une autre fin pour *L'Enfant noir*.

Débattre

Le voyage

19 Aimeriez-vous voyager ou vous installer à l'étranger ? Dans quel pays ? Pourquoi ?

Lire

Le thème de l'exil

20 Concernant l'exil, vous pouvez lire *Un Nègre à Paris* de Bernard Dadié et *Dramouss* de Camara Laye, qui est la suite de *L'Enfant noir*.

Questions de synthèse

L'Enfant noir

Le narrateur et le genre du texte

1 En quoi *L'Enfant Noir* est-il un récit autobiographique ? Appuyez-vous sur l'identité du narrateur et sur les événements racontés.

Le cadre spatio-temporel et la durée

2 **a.** Sur quel continent et dans quel pays l'action et les événements se déroulent-ils ?

b. Énumérez les différents lieux évoqués dans le récit. Quels sont ceux qui sont associés au bonheur et ceux qui sont associés à l'épreuve ?

3 Quel est l'âge de l'enfant lorsque l'action commence ? Quel est-il à la fin ? Combien de temps environ s'est-il écoulé entre ces deux moments ?

4 Déterminez l'époque de l'action. Aidez-vous de l'introduction.

Les personnages

5 Quelle image le narrateur donne-t-il de son père ? Quel est son statut au sein de la société africaine ? Au sein de la famille ?

6 **a.** Quelles sont les différentes tâches de sa mère dans la famille ? Quels pouvoirs particuliers détient-elle ?

b. Quel est son principal trait de caractère ?

7 Quels sont les autres personnages qui ont marqué l'enfance du narrateur ? Quelles ont été respectivement leurs influences ?

Le parcours initiatique

8 Quelles sont les différentes valeurs qui ont été inculquées au narrateur au sein de sa famille (religion, éducation…) ?

9 Quelles sont les différentes épreuves que le narrateur a dû surmonter pour passer de l'enfance à l'adolescence ?

10 **a.** Dans quels chapitres le narrateur s'éloigne-t-il de sa famille ? Pour quelle raison ?

b. Que symbolise chaque fois cet éloignement pour le personnage ? Que découvre-t-il ?

11 Avec quelle jeune fille découvre-t-il les premiers émois amoureux ? Quels différents sentiments les personnages éprouvent-ils l'un pour l'autre ?

12 **a.** Qu'aurait souhaité le père, concernant l'avenir de son fils ? Et la mère ?

b. Lequel des deux personnages tente de s'opposer au destin de l'enfant ? Pourquoi ?

c. Quels personnages prédisent au narrateur une destinée différente de celle qu'il aurait pu envisager étant enfant ?

13 **a.** Comparez le début et la fin du récit. Par rapport au monde qu'il quitte et à celui qu'il va découvrir, dites ce que peuvent symboliser le serpent et l'avion. Justifiez votre réponse.

b. Quel autre objet précis, emporté par le narrateur, symbolise l'adieu à l'Afrique et au passé ?

Le regard du narrateur

14 **a.** À quel(s) temps le récit des souvenirs est-il effectué ?

b. À quel temps les interventions du narrateur sont-elles écrites ? Quelle en est la valeur ? À quel moment renvoie-t-il ?

c. Relevez des exemples où le pronom personnel « je » renvoie au narrateur enfant, d'autres où il renvoie au narrateur adulte.

15 **a.** Quelles sont les différentes raisons qui permettent de justifier les interventions du narrateur ? Donnez des exemples précis pour illustrer votre réponse.

b. Quel effet produit ce va-et-vient entre le moment de l'écriture et celui du souvenir ?

Le témoignage sur l'Afrique

16 Quelles informations le narrateur fournit-il concernant : le climat en Guinée, le paysage, les langues parlées, l'agriculture, l'artisanat, la ville, la campagne, les vêtements traditionnels, le caractère des

Africains, leurs traditions, la condition de la femme, les repas, la famille, l'école, les croyances religieuses, la mort ?

17 Citez quelques mots typiquement africains que vous avez rencontrés dans le texte. Quel est leur sens ? Pour quelle raison le narrateur les utilise-t-il ?

18 Quelles sont les différentes interrogations posées par le narrateur concernant l'évolution de la société africaine ?

La visée

19 En vous appuyant à la fois sur la lecture de l'œuvre et sur vos réponses aux questions, déterminez quelles raisons ont pu pousser l'auteur à écrire ce livre.

Débattre

L'accueil du livre

20 Un écrivain africain, Mongo Beti, a reproché à Camara Laye d'avoir « écrit un livre anodin et peint une Afrique idyllique en un temps où les urgences de l'Histoire réclamaient qu'on dénonçât les méfaits du colonialisme. » Cette critique vous paraît-elle fondée ou au contraire excessive ? Argumentez votre réponse.

Écrire

Écrire une critique

21 Rédigez un court article dans lequel vous développerez ce que vous avez pensé du livre.

Index des rubriques

Table des illustrations

4	©	Collection Roger-Viollet
7	ph ©	Bridgeman-Giraudon
9	ph ©	Michel Huet/Hoa-Qui
18	ph ©	Dominique Darbois
45	ph ©	Naud
65	ph ©	Dominique Darbois
77	ph ©	Dominique Darbois
91	ph ©	Michel Huet/Hoa-Qui
109	ph ©	Dominique Darbois
124	ph ©	Paul Almasy/Akg-Images

et 2, 10, 11, 19, 20, 21, 22, 30, 31, 32, 33, 39, 40, 41, 42, 49, 50, 51, 52, 53, 54, 59, 60, 61, 62, 63, 64, 71, 72, 73, 74, 75, 83, 84, 85, 86, 92, 93, 94, 95, 102, 103, 104, 110, 111, 112, 113, 114, 115, 121, 122, 123, 124 (détail) ph © Archives Hatier

Iconographie : Édith Garraud/Hatier Illustration

Graphisme : mecano-Laurent Batard

Mise en page : ALINÉA

Relecture : Anne Bleuzen

Achevé d'imprimer par Black Print CPI Iberica S.L.U - Espagne
Dépôt légal 75115-8/13 - Décembre 2018